Delf In

MEURTRES EN DÉODATIE

Ceci est une œuvre de fiction. Les personnages et les situations décrits dans ce livre sont purement imaginaires : toute ressemblance avec des personnages ou des événements existants ou ayant existé ne serait que pure coïncidence.

Sommaire

Prologue

Fin Avril, me voilà en route pour ma nouvelle affectation... Enfin, devrai-je plutôt dire ma première affectation ! Je sors à peine de l'école de police... J'aurai tant espéré être affectée sur la ville de Nancy ou ses alentours mais non ! La petite Nancéienne que je suis, se retrouve à partir pour les Vosges...

Oui, la campagne pure !

Caroline regardait passer les panneaux tout en conduisant : Contrexéville, Vittel, Epinal, Jeanménil,... Elle approchait enfin de Saint-Dié-des-Vosges, ville marraine de l'Amérique et connue pour son Festival International de Géographie et son épreuve du Trophée Andros.

Cela faisait presque trois heures qu'elle conduisait. Partie de Dijon, elle arrivait à destination. Jeune recrue de 21 ans, et n'ayant connu pratiquement que des grandes villes comme Nancy, Caroline était déçue de ne pas avoir de chance pour son affectation ; et pourtant, pouvoir être affecté à moins d'une heure de sa famille était une chance ! La plupart de ses collègues avaient été affectés sur Paris. Mais la fatigue faisant, elle ne s'en rendait pas encore compte...

Au moins, être dans un coin aussi paumé va me permettre d'être tranquille ! Retrouver les chats perdus, ma nouvelle vocation !

Elle entra dans la ville, s'enfonça jusqu'au commissariat et se gara. La bâtisse était récente et jurait parmi les autres bâtiments ; le lieu était fait pour y vivre, un restaurant chinois tout près, le pôle emploi de la ville, des sociétés, une poste, et des magasins un peu plus loin. On aurait pu y sentir la vie s'il y avait eu âme qui vive à l'arrivée de Caroline.

Lorsqu'elle sortit de sa voiture, elle ne passa pas inaperçu. Une jeune femme aussi belle avec ses cheveux bruns coupés à la garçonne et ses yeux bruns si profonds qu'on avait l'impression de s'y perdre, ne pouvait que se faire remarquer par les quelques passants.

Elle prit son sac et entra dans le commissariat. A l'accueil, le policier en place, lui demanda la raison de sa venue et Caroline lui répondit brièvement le motif. Le policier lui expliqua où se trouvait le bureau du commissaire et, en la regardant s'éloigner, fit une remarque très sexiste sur son fessier.

Et voilà, ça commence déjà ! Un coin paumé, des poltrons, vive la campagne !

Elle arriva au bureau, toqua. Une voix forte et grave lui intima d'entrer, elle le fit sans attendre.

A l'intérieur, elle salua son supérieur et se présenta. Le commissaire, un homme d'une cinquantaine d'années aux cheveux argentés et aux yeux bleus éteints, ne daigna même pas relever la tête. Il grommela, maugréa qu'elle devait aller voir « Titi » puis leva enfin la tête vers Caroline. Il la fixa d'un air agacé.

— Qu'est-ce que vous foutez encore là ? Je viens de vous dire d'aller voir votre futur collègue ! Bougez-vous ! C'est pas un centre de vacances ici !

— Mais je ne sais même pas de qui vous parler ! Et surtout où trouver cette personne !

— Vous sortez de mon bureau, à droite puis au bout du

couloir à gauche ! Le grand type aux cheveux et yeux noirs qui sera au bureau tout de suite à l'entrée ! Allez, allez ! On se bouge !
Caroline quitta le bureau et suivit les instructions.

Génial ! Un grincheux comme commissaire ! Ça va être long, vraiment long, cette affectation…

Elle arriva au fameux bureau mais personne, il n'y avait aucuns cheveux noirs à l'horizon… Caroline, dépitée, regarda tout autour d'elle puis décida de s'asseoir au bureau, côté visiteur, en attendant le dit 'Titi'.

Cela faisait déjà cinq bonnes minutes qu'elle attendait quand, soudain, elle entendit quelqu'un approcher, parlant et riant très fort. Un homme, la trentaine, les cheveux et les yeux noir corbeau, entra et se stoppa plein d'interrogations. Il fixait Caroline.

— Z'êtes qui, vous ?

Elle lui expliqua qu'elle était une nouvelle recrue, qu'elle venait d'arriver et que le commissaire lui avait dit de rejoindre son nouvel équipier 'Titi'. A chaque phrase, l'homme acquiesçait tout en continuant de la fixer. Il s'assit enfin.

— T'es à la bonne place ! Moi, c'est Étienne mais tout le monde m'appelle Titi ! Et toi, c'est quoi ton nom ? On peut se tutoyer au fait ? Après tout, on va travailler ensemble ! Ça sera plus simple !

— Caroline mais mes amis et ma famille m'appelle juste Caro… Et, euh, oui, on peut se tutoyer…

— Okay, alors Caro, tu connais Saint-Dié ? T'y es déjà venue ? T'y es née si ça se trouve !

— Euh, non, absolument pas… C'est nouveau pour moi…

— Okay, c'est cool ! Du vrai sang neuf ! Tu verras, c'est sympa ici et on se marre bien ! C'est calme, et tout et tout et tout ! C'est la planque rêvée, quoi !

Il prit soudain appui sur son bureau et se redressa. Il fit signe à la jeune recrue de le suivre et ils entamèrent la visite du commissariat, Titi ayant toujours une anecdote à raconter à chaque nouveau lieu. Caroline récupéra ses uniformes, un casier, une matraque, une paire de menottes et surtout une arme de service. La visite continua encore un peu puis ils quittèrent le commissariat pour découvrir la ville dans ses grandes lignes, sa rue Thiers, son cinéma, ses magasins, sa piscine, sa gare, sa mairie, et bien d'autres lieux, tout en faisant une ronde classique.

A la fin de son service, Caroline quitta le commissariat, en pensant à reprendre toutes ses affaires, et découvrit, enfin, son logement de fonction. Elle jeta son sac dans un coin, visita rapidement l'appartement, une pièce principale qui servait de salon et de salle à manger, une chambre, une petite kitchenette et une salle de bain avec WC. Puis elle s'écroula sur son lit qui n'attendait que des draps et un oreiller.

Quelle journée ! Un commissaire désagréable, un équipier parlant trop, beaucoup trop… Comme il m'a saoulé de paroles ! Bon après, la ville est paumée mais ça a l'air plutôt sympa… On verra bien comment seront les autres jours… Faut que je pense à appeler Marc…

Épuisée, Caroline s'endormit sans même avoir fait de courses, ni manger, ni appeler son petit ami qui attendait de ses nouvelles… Les jours suivants lui servirent pour découvrir la région déodatienne et s'habituer à sa nouvelle vie.

I

9 mai, début de l'affaire qui marquera ma vie…

La police a été appelée très tôt, ce matin. Les premiers passants ont retrouvé un cadavre, juste au pied de la Tour de la Liberté.

Les forces de police déjà arrivées ont mis en place un périmètre de sécurité tandis que les curieux s'amoncellent. Les voitures ralentissent pour essayer de voir le spectacle, gênant la circulation. Caroline rejoint Titi devant la mairie.

Fatiguée de sa nuit, elle manque d'entrain ; Titi le remarque de suite et, d'un sourire narquois et un regard empli de perversion, tente de la gêner tout en traversant la rue pour rejoindre le corps sans vie.

— Alors on a fait la fête toute la nuit ? Des folies de son corps ? C'est ton Marcounet qui doit être heureux !

Surprise par cette remarque, Caroline rougit mais cela est éphémère, l'amusement fait place au sérieux.

Le corps d'un homme gît au sol. A première vue, il est tombé du toit de la Tour, trente-six mètres de chute libre. Ne reste qu'à découvrir s'il s'agit d'un suicide ou d'un meurtre…

La thèse du suicide est, malheureusement, vite balayée. Les agents découvrent sur le corps inerte, une carte avec un symbole étrange sans empreintes et pas de portefeuilles, ni papiers d'identité, et la distance entre le corps et le bâtiment est trop grande selon le médecin légiste pour que l'homme soit tombé sans une aide extérieure. Suite à cette conclusion, le duo d'enquêteurs décide de monter pour tenter de découvrir des indices sur le toit de la Tour.

Pendant ce temps, le médecin légiste emporte le corps pour l'autopsie.

Sur le toit, Caroline découvre une vue idéale sur la ville tandis que Titi tente de trouver l'endroit exact d'où est tombée la victime. En regardant tout autour d'elle, la bleue remarque quelque chose.

— Titi ! Viens voir ! y'a un pervers juste là !

Elle lui montre du doigt une zone d'arbres cachée par la haie du parc, juste à côté de la sous-préfecture.

Titi s'approche pour regarder et voit un homme en train de se masturber, pensant être invisible aux yeux des passants. Un coup d'œil illuminé vers son équipière et le voilà en train de hurler vers le pervers. Ce dernier sursaute, regarde partout et remarque, enfin, ses spectateurs. Il se rhabille à la va-vite et commence à fuir.

Titi prend son talkie et prévient ses collègues en bas pour le stopper. Il se tourne vers Caroline, avec un large sourire.

— Atteinte à la pudeur.

Une fois les choses au clair avec l'impromptu, ils reprennent l'enquête mais celle-ci n'aboutit à rien. Après avoir tout inspecté sur le toit, ils redescendent bredouille. Aucun indice.

****

De retour au commissariat, ils sont directement appelés par le commissaire Marchal. Il souhaite des explications, des informations ont déjà fuité et Elodie Duffoin, la journaliste en charge de cette affaire, l'a déjà appelé pour obtenir des informations complémentaires.

— Qui a parlé ??? La journaleux sait déjà qu'il s'agit d'un meurtre ! Et en prime, elle me demande si on connaît le nom de la victime ?!

Caroline devient toute penaude tandis que son équipier ne se démonte pas.

— En tout cas, c'est pas nous, Chef ! On a vu aucun journaleux dans le coin ! Je suis sûr que l'info vient des curieux ! Y'en avait plein et certains assez proches pour nous entendre parler !

Marchal grommelle puis leur fait signe de sortir de son bureau.

— Bouclez-moi ça au plus vite ! Je vais la gérer, cette Duffoin !

Le duo s'empresse de sortir, ils regagnent leurs bureaux et se remémorent les informations en leur possession. Mais pour l'instant, ils en possèdent peu, trop peu pour réellement se mettre au travail. Sans les empreintes et le résultat de l'autopsie, impossible d'avoir des informations sur la victime et donc encore moins d'avoir des suspects.

Une heure plus tard, ils ont enfin les premières conclusions de l'autopsie : la victime était droguée, très certainement un somnifère mais, pour en savoir plus, il faut attendre que les analyses soient finies. L'homme est mort sur le coup, entre 2h45 et 3h15 du matin, suite à sa chute de trente-six mètre, aucune trace de lutte.

Mais ce n'est pas tout, les empreintes digitales ont permis de découvrir son nom : Pierre Angelo, 41 ans, couvreur zingueur.

L'enquête peut enfin débuter ! Ils récupèrent l'adresse de M. Angelo, prennent leurs affaires : direction le domicile de la victime qui se trouve à l'extérieur de la ville.

En passant devant le bureau du commissaire, ils entendent des bribes de conversation téléphonique, des « Mr le Préfet », « Je sais, Mr le Préfet », « Ne vous inquiétez pas »,… Les deux compères se regardent et Titi est toujours autant amusé par les situations embarrassantes.

— Ça chauffe pour Papa Marchal !

Mais il a parlé trop fort et tandis que le duo s'éloigne en rigolant, le commissaire sort de son bureau.

— Durand, ça chauffera pas que pour moi si vous trouvez pas le coupable ! Une erreur et vous êtes virés ! Tous les deux ! Compris ?

****

Au domicile de la victime qui sert aussi de bureau pour son travail, Caroline et Titi découvrent de nombreuses factures, des fichiers clients et un ordinateur bloqué par un mot de passe.

L'homme est célibataire sans enfants, ce qui facilite grandement la tâche côté annonce de sa mort.

Titi prend tous les documents et la tour de l'ordinateur pour les mettre dans le coffre de la voiture. Caroline, de son côté, tente de récupérer des empreintes ; celles du meurtrier s'y trouvent peut-être.

Ils continuent la fouille mais ne trouvent rien de plus que de la poussière. Ils quittent la maison pour se rendre dans la bâtisse à côté qui servait d'entrepôt à la victime.

Le duo commence la fouille au milieu des tuiles, des ferrailles et bien d'autres éléments utilisés pour la rénovation de toits. Mais, elle est tout aussi infructueuse. Rien n'est suspect. Et, soudain, Titi a un sursaut, il vient de penser à une chose.

— Mais attends ! Tu trouves pas qu'il y a quelque chose qui cloche ici ?

— De quoi tu veux parler ?

— Ce type était un artisan ! Il est où son véhicule pour tout transporter ?

— Mais t'as raison, Titi ! Y'a aucun véhicule ici ! Pourtant pour transporter tout ça, il doit avoir une camionnette ! C'est obligé !

— Et, si elle est pas ici, elle est forcément en ville !

Il sort les clefs de sa poche et fait signe à sa collègue. Il est temps pour eux de retourner en ville. Mais avant de démarrer, Caroline lance un appel radio au commissariat. Ils n'ont aucune information sur le véhicule, ni taille, ni marque, ni modèle et surtout ni numéro de plaque.

Malgré ce manque d'informations, ils décident de repartir sur les lieux du meurtre. Le véhicule ne doit pas être loin.

****

De retour du côté de la Tour de la Liberté. Titi gare la voiture sur le parking. Les deux compères sortent et commencent à scruter les alentours. Chacun, armé d'un talkie-walkie, prend une zone à vérifier. Après avoir vérifié le petit parking de la Tour, Titi se charge de la rue et Caroline du parking de la mairie.

Pendant leurs recherches, le commissariat reprend contact. Le véhicule qu'ils recherchent est une camionnette de marque Citroën, modèle Jumpy, couleur blanc banquise, immatriculée AA-512-CB.

Les recherches reprennent et l'utilitaire est rapidement trouvé sur le parking derrière la mairie. Titi rejoint Caroline qui vérifie si le véhicule est fermé. L'étant, ils décident de faire appel à une dépanneuse pour l'emmener au poste. L'équipe scientifique s'en chargera.

L'enquête avance bien et la motivation de l'équipe est au plus haut. Ils espèrent, de plus en plus, trouver le meurtrier avant ce soir.

****

De retour au commissariat, ils déposent la tour d'ordinateur à l'agent spécialiste de l'informatique pour gérer le mot de passe et tenter de trouver des informations pour l'enquête à l'intérieur.

Ils conservent les autres documents trouvés et, une fois tout installé sur les bureaux, commencent à les scruter minutieusement à la recherche du moindre indice.

Des heures et des heures passent sans aucun résultat…

Puis, alors que leur motivation retombait, ils reçoivent un mail de la morgue : le résultat des analyses est là. La victime a bien été droguée avec un somnifère : une forte dose de Doxylamine a été retrouvée dans son sang. Malheureusement, cet antihistaminique est disponible en pharmacie sans ordonnance.

Il est donc impossible de connaître avec précision qui s'en est procuré. Caroline et Titi ont l'impression d'un retour à la case départ.

Mais leurs espoirs reprennent quand le secteur informatique les appelle à propos de la tour d'ordinateur. Le mot de passe de la tour est craqué, il est donc possible de vérifier les informations qui s'y trouvent. Ils rejoignent leur collègue pour en savoir plus.

L'ordinateur reprend les informations papiers trouvées au domicile mais pas que, ils ont accès aux mails de la victime et en découvrent un étrange :

« Si vous ne voulez pas que vos arnaques soient rendues publiques, RDV sur le toit de la Tour de la Liberté, 2h45 »

Aucune signature et l'adresse de l'expéditeur n'apparaît pas. Mais le mail permet tout de même un approfondissement : une recherche d'adresse IP et d'informations sur les « arnaques » dont il fait référence.

L'informaticien continue ses investigations et trouve un dossier verrouillé par un nouveau mot de passe.

— Bon, les gars, je vois ce que je peux faire et je vous préviens dès que j'ai récupéré les infos !

De leur côté, le duo décide de lister les clients et de prendre contact avec tous pour essayer d'avoir plus d'informations. Ils font de même avec les fournisseurs de M. Angelo. A première vue, les arnaques devraient être en lien soit avec l'un soit avec l'autre.

Ils se répartissent le tout, prennent le listing des fournisseurs et commencent un long moment d'appels téléphoniques. Cela dure des heures mais ne donne absolument rien. La liste des fournisseurs épuisée comme nos deux agents, et se faisant tard, Titi propose à Caroline de s'arrêter là pour cette première journée d'enquête.

Ils reprendront demain matin. Ils quittent, chacun de leur côté, le poste de police.

****

De retour à son appartement, Caroline jette sa veste sur un coin du lit, se dirige vers le frigo et regarde ce qu'il reste.

Ah mince, avec tout ça, j'ai oublié de faire les courses ! Ce soir, ça sera encore pizza...

Elle prend son téléphone et appelle la pizzeria du coin. Sa pizza sera là dans une quarantaine de minute. Elle décide d'en profiter pour appeler son petit ami Marc.

— Coucou, bien rentré ?

— Ouais, comme d'hab' ! Et toi, ça va ? Pas trop traumatisée par ton cadavre ?

— Tu rigoles ?! C'est pas qu'un simple cadavre ! C'est carrément une enquête pour meurtre ! Mon premier mort, ma première enquête…

— Arf mince ! J'aurais peut-être dû rester au lieu de repartir !

— Non, non, t'inquiètes ! Tu serais resté, on se serait même pas vu de la journée ! Et puis tu pouvais pas louper le début du tournage !

— Ouais… Mais quand même… J'aurais pu te soutenir cette nuit… Et je t'aurais fait un bon petit plat pour ton retour à l'appart' !

— Ah Ah ! Tu m'étonnes ! J'ai complètement zappé les courses… Résultat : Pizza ce soir ! Et toi ? Tu te fais quoi de bon ?

— Là, je sors manger avec les potes de tournage ! On va certainement se faire un Mc Do ou un KFC ! Reste à savoir lequel !

La conversation se continue, sur des banalités puis, Caroline raccroche, la pizza est arrivée dans son petit carrosse noir et violet.

Elle l'engloutit rapidement, prend une douche et part se coucher. Les bras de Morphée l'attendent.

Quelle journée tout de même ! J'espère juste que demain l'enquête avancera plus…

II

Le lendemain, tout va très vite. Une empreinte a été découverte à l'intérieur du fourgon de la victime. Elle n'appartient pas à Pierre Angelo et est fichée. Il s'agit de l'empreinte de Paul Abolesky, un sans-abri qui traîne souvent du côté de la rue Thiers ou du parc de la Tour. Après quelques recherches, Caroline et Titi ont pu faire un lien entre les deux : M. Abolesky fait partie des clients de la victime.

Il devient alors le suspect principal malgré le fait que les enquêteurs manquent encore de preuves pour expliquer le mobile du meurtre.

Titi prend tout de même l'initiative d'arrêter le suspect. Il prend sa veste, les clefs du véhicule et son arme de service puis fait signe à sa jeune collègue qui prend aussi son arme. En passant, ils récupèrent des gilets et des brassards. Il vaut mieux être prudent, on ne sait jamais.

Accompagnés d'une deuxième voiture et de deux autres agents, ils quittent le commissariat.

****

Rue Thiers, les deux voitures se garent et les agents se regroupent. Titi explique le plan : deux agents s'occuperont de la rue Thiers tandis que les deux autres iront du côté du parc juste à côté.

Les duos se séparent. Caroline et Titi prennent le parc. Ils passent par une petite ruelle piétonne pour l'atteindre. Ils traversent la haie par un petit passage et se retrouvent dans le parc. Caroline découvre une nouvelle vue de la Tour de la Liberté.

— C'est plutôt sympa de ce côté de la Tour… Ça donne presqu'envie de pique-niquer !

— Ouais c'est vrai mais reste concentrée ! On est pas là pour le fun ! On a un meurtrier à arrêter !

— Un suspect, Titi ! Seulement un suspect ! On sait pas encore s'il a à voir avec cette affaire !

— Ouais, c'est kif kif…

Sur ces remarques, ils se séparent pour faire le tour du parc. Ils regardent partout mais rien, ils ne trouvent pas leur suspect. Et tandis qu'ils retournent côté rue Thiers, leurs coéquipiers du jour les appellent sur le talkie : ils ont trouvé Abolesky en train de se reposer du côté de la cathédrale.

Nos deux enquêteurs prennent leur voiture et rejoignent leurs collègues. Ils récupèrent le suspect et repartent pour le commissariat pendant que les deux autres agents vont récupérer leur voiture.

****

De retour au commissariat, le SDF est mis en garde à vue. Le temps des explications est venu.

Mon premier interrogatoire… Quelle pression ! Et si nous nous trompions ? Et s'il n'était pas le tueur ? Les questions s'entremêlent et mon estomac fait des siennes... Si je devais un jour me retrouver à sa place, je crois que j'avouerais tout, même des crimes que je n'ai pas commis !

Salle d'interrogatoire N°2, Caroline et Titi rejoignent le suspect. Caroline s'assoit tandis que Titi reste debout. Paul Abolesky, quant à lui, les fixe, le regard plein d'interrogation.

— Euh... J'peux savoir ce que je fous là ?

Titi frappe alors, du plat de la main, la table. Le bruit fait sursauter toutes les autres personnes dans la pièce.

— Tu veux savoir ? Tu veux vraiment savoir ? Moi, ce que je veux savoir c'est plutôt comment t'as tué Pierre Angelo !!

— J'sais pas de quoi vous causez !? L'Angelo, ça fait longtemps que j'ai plus rien à voir avec ce sale type !

— Bien sûr ! Et tu vas me dire que ton empreinte dans sa fourgonnette, c'est un coup monté ? Dis-moi pourquoi tu l'as tué !

— Mais j'ai tué personne, moi !

— Te fous pas de nous ! On sait que t'es un de ses clients ! Ton empreinte est dans sa camionnette ! Va falloir nous expliquer pourquoi et comment ! Et t'as intérêt à être clair ! Compris ?

Caroline, voyant que Titi s'énerve réellement, décide de prendre les choses en main et de calmer tout ça. Elle fait signe à Titi de se reculer et se tourne vers Abolesky.

— Et si nous reprenions tout depuis le début ? Nous savons que vous le connaissez, pourriez-vous nous expliquer d'où et pourquoi on ressent de l'animosité lorsque vous parlez de M. Angelo ?

— Bien sûr que j'le connais l'Angelo ! Il est venue r'faire ma toiture ! Mais ça, y'a un bout de temps ! Y m'a arnaqué… Mon toit était foutu ! Il a même essayé d'se taper ma femme ! J'ai tout perdu à cause lui… Ma femme, ma maison, mon fric ! J'me suis retrouvé sans rien, à la rue comme ça. Du jour au lendemain, j'ai rien compris… J'suis pas un assassin, j'suis une victime !

À ces mots, Titi redémarre.

— Ben tiens va ! Il te fout dans la merde jusqu'au cou et toi, tu laisses couler ?! T'es un bon samaritain ! Si on te gifle, tu tends l'autre joue ? Arrête de nous balader ! J'te l'ai déjà dit, on a ton empreinte dans le fourgon d'Angelo ! T'explique ?

— Une empreinte ? J'sais pas… Ça doit dater de l'aut'jour ! Je l'ai vu sortir de sa camionnette et j'sais pas… Quand j'l'ai revu, le sang m'est monté à la tête et j'lui ai foncé dessus ! J'l'ai poussé et j'ai tapé sur l'intérieur de la portière ! J'gueulais, j'gueulais et pis j'ai vu que les gens arrivaient vers moi, j'ai eu peur, j'me suis barré ! J'voulais pas m'faire casser la gueule à cause de ce connard ! Mais j'ai rien fait d'autres ! J'l'ai pas tué ! C'est pas moi ! J'ai rien fait ! J'savais même pas qu'il était mort !

— Okayy… Et t'étais où alors la nuit du 8 au 9 mai ?

— La nuit, j'dors toujours au même endroit ! Au cloître de la cathé ! On se regroupe là-bas avec d'autres !

— On t'as vu là-bas ?

— J'sais pas ! J'connais personne là-bas ! Quand t'arrives, tu t'prends une place et t'en bouge plus jusqu'au matin ! Personne se parle !

— Donc en clair, t'as pas d'alibi ? Tu peux nous raconter du flan ?!

Soudain, Paul Abolesky s'écroule, les larmes roulent sur ses joues, son nez coule à flot. Prise de pitié, Caroline lui tend un paquet de mouchoir en papier qu'il accepte. Il se mouche mais rien n'y fait, son nez et ses yeux ne s'arrêtent plus…

— J'ai rien fait ! j'ai rien fait ! C'est pas moi ! C'est pas moi ! Je vous jure ! J'ai rien fait !

L'interrogatoire s'arrête là. Les deux agents n'obtiennent plus rien du sans-abri. Le commissaire Marchal qui a tout suivi, les rejoints.

— On arrivera à rien comme ça ! Trouvez-moi les preuves qui feront qu'il passera le reste de sa vie en prison !
— Et si ce n'est pas lui le coupable ?

Titi se tourne vers son équipière, les yeux emplis de rage.

— C'est lui ! Y'a pas à chercher autres choses que des preuves ! Okay ?

Il se tourne vers son supérieur et lui sourit.

— On se charge de tout, chef!

Le commissaire s'éloigne et Caroline, abasourdie par tout ça et aussi furieuse de découvrir l'envers du décor, attrape le bras de Titi pour le forcer à se tourner vers elle.

— C'est quoi l'histoire ?! On cherche pas un coupable là ! On en crée un ?! C'est ça la justice ?!

— Arrête de croire à un monde tout blanc tout rose ! On est pas là pour décider des choses, on est là pour faire tomber les coupables ! À n'importe quel prix ! Alors, va faire ton boulot, la bleue, et arrête de rêver à un monde qui n'existe pas !

Il retourne à son bureau et explique à Caroline qu'ils doivent approfondir l'enquête : en premier lieu, vérifier si quelqu'un a vu le suspect la nuit du 8 au 9 mai, en second, prendre contact avec l'ex-femme pour plus d'informations sur l'histoire qu'il leur a raconté.

Titi lui propose de se séparer ; pendant qu'il vérifie l'alibi du suspect, elle s'occupe de l'ex-femme. Malgré de grandes réticences, Caroline est obligée d'accepter…

Une fois, son équipier parti, elle se met au travail. Elle récupère le nom et le prénom de l'ex-femme puis recherche une adresse et un numéro de téléphone. C'est le jackpot : elle habite encore dans le secteur, chez sa mère du côté de Coinches.

Caroline prend l'initiative d'appeler. Elle tombe sur la mère qui lui passe sans problème sa fille. Après quelques explications, l'enquêtrice lui propose soit de passer au commissariat ou de la recevoir pour parler plus tranquillement de l'affaire entre son ex-mari et la victime. Elle accepte de recevoir la policière et lui explique en détail où se trouve la maison.

L'agent de police prend sa propre voiture et avant de démarrer, envoie un sms à son équipier pour le prévenir mais sans entrer dans les détails.

****

Après ce qu'il s'était passé, je n'avais absolument plus confiance aux autres agents et encore moins à celui qui me servait d'équipier... J'allais devoir ruser pour découvrir le fin mot de cette enquête !

Arrivée sur place, elle trouve facilement la maison, sonne et entre sur invitation de son hôte, à l'intérieur. Très poliment, l'ex-Mme Abolesky lui indique le petit salon où sont disposés un fauteuil et un canapé, en cuir brun un peu dépassé, autour d'une table basse en bois dont le vernis semble vouloir disparaître. Dans un des coins, se trouve une télévision allumée que la quadragénaire éteint, tout en expliquant que sa mère est partie finir son feuilleton dans sa chambre pour ne pas déranger. La policière prend place sur le canapé tandis que son hôtesse s'installe dans le fauteuil.

La discussion entre les deux femmes dure un certain temps. Caroline a même droit à quelques gâteaux et un café noir sans sucre. Au final, la femme corrobore tout ce que son ex-mari avait déjà dit durant l'interrogatoire. Caroline écrit toutes les informations reçues, salue ses hôtes et repart pour le commissariat.

****

De retour, elle remarque que Titi est déjà rentré. Au bureau, elle n'ose même pas le regarder dans les yeux mais, pourtant, l'échange d'informations doit avoir lieu !

Elle explique que l'ex-femme a tout corroboré. De son côté, Titi, lui annonce, avec un large sourire de fierté, que leur suspect n'a pas d'alibi. Il est décidé, pour la suite de l'enquête, que l'utilitaire sera à nouveau inspecté, qu'un appel à témoin sera lancé dans l'heure pour tenter de découvrir où se trouvait Abolesky dans la nuit du 8 au 9 mai et une fouille minutieuse sera effectuée dans le cloître pour tenter de trouver des preuves.

Après tout cela, épuisée par cette journée forte en émotion, Caroline rentre chez elle.

****

A l'appartement, elle tente d'appeler son petit ami avant même de faire autre chose. Elle tombe sur le répondeur et lui laisse un message, elle lui propose de se retrouver sur le Messenger de Facebook. Elle doit lui parler de sa journée…

Elle enchaîne ensuite en partant faire quelques courses, son frigo réclame. Elle prend une petite veste, son sac à main et part pour le supermarché du coin.

De retour, elle prend le temps de ranger ses courses, mets en route le four pour y enfourner une quiche lorraine surgelée. Et pendant que la tarte se réchauffe, elle allume son ordinateur portable et se connecte sur Facebook. Elle attend la connexion de Marc.

Il se connecte à son tour au moment où la quiche est prête. Ils discutent longuement de cette journée pleine d'interrogations et de dégoût pour Caroline. Marc la console comme il peut et lui propose de venir la voir le weekend qui arrive. Elle accepte la proposition et, se faisant tard, ils se disent « bonne nuit ».

Caroline va prendre une douche, met en route son réveil et se glisse dans son lit…

Quelle journée ! J'ai découvert que la justice n'est rien d'autre qu'une façade ! Qu'ils sont tous prêts à tout pour créer le coupable idéal ! Mais, j'en suis sûre ! On fait fausse route ! Cet homme n'est pas notre meurtrier ! Je vais devoir agir pour trouver les éléments qui l'innocenteront ! J'espère juste pouvoir y être capable…

[illegible]

[illegible]

III

5 juin, cela fait presqu'un mois que le meurtre de Pierre Angelo a eu lieu. Paul Abolesky est en attente de son procès, les preuves se sont accumulées... Mystérieusement... Dans une quinzaine de jour, il ira croupir dans une cellule... En plus, au vue des charges qui planent sur sa tête, il est devenu, malgré lui, la nouvelle « star » des médias du coin ! Mais, en ce lundi matin, un nouvel élément va tout changer dans ce semblant de justice...

La police a été appelée au milieu de la nuit, un employé de supermarché a retrouvé son chef de rayon mort dans la réserve, au milieu des carcasses de bœuf. Un accident, un meurtre, personne ne le sait...

Caroline et Titi arrivent sur les lieux, peu éclairés dans cette sombre nuit. Ils se garent sur le parking, le traversent pour atteindre l'entrée de service où les attend un collègue. Ils le suivent jusqu'à la réserve du rayon Boucherie où le corps se trouve encore.

A première vue, rien ne semble indiquer la cause de la mort ; il faut les explications du médecin légiste, une trace de piqûre, sur le bras gauche de la victime, porte à croire qu'il s'agit d'un meurtre par empoisonnement mais il faudra des analyses plus poussées pour découvrir le poison utilisé. La thèse de la mort naturelle s'évanouit.

De plus, une nouvelle carte en carton avec le même symbole a été retrouvée sur le corps... Et de nouvelles questions se posent : est-ce le même tueur ? Un imitateur ?... Et surtout, que représente le symbole ?

Titi est en colère, l'enquête parfaite a des défauts. Ce nouveau meurtre va chambouler ses plans et leur coupable risque de devenir un innocent accusé à tort !

Au contraire de son collègue, Caroline se sent soulagée : un innocent n'ira pas dormir en prison. L'enquête va reprendre et elle espère que, cette fois-ci, elle ne sera pas bâclée et que le vrai coupable sera arrêté !

Le corps est transporté à la morgue, les témoins sont interrogés. L'enquête débute avec entrain et nos deux policiers décident de repartir au commissariat. Les recherches doivent être approfondies…

Mon deuxième meurtre en six semaines… Je n'aurais jamais imaginé une telle affaire pour ma première affectation ! Surtout dans un coin paumé comme Saint Dié… Réputée pour son calme…

****

Au bureau, une réunion a lieu entre le commissaire et les agents en charge de l'enquête.

— Alors on a un nouveau meurtre… C'est lié ?

Caroline et Titi se regardent furtivement puis Titi prend la parole.

— On sait pas encore ! On attend le résultat de l'autopsie, des empreintes trouvées… Le process est différent mais y'a cette carte retrouvée sur les deux corps !

— Dans ce cas, grouillez-vous de trouver les liens ! Je veux un coupable ! On peut pas se permettre d'avoir un tueur en liberté !

Les deux agents le saluent puis quittent le bureau. Ils décident à nouveau de se répartir les tâches : Caroline fera des recherches sur la carte et son symbole tandis que Titi se chargera de l'enquête sur la victime.

La jeune policière débute ses recherches via internet et le moteur de recherche Google Image. Elle y entre la description, attend le chargement de la page et commence le tri…

Impressionnant le nombre de symbole qu'on peut trouver sur le net ! Moi qui pensais que cela irait vite…

Après de longues minutes à fouiller, Caroline trouve une photo de médaille avec le même symbole. Elle clique sur l'image et se retrouve sur un site de vente d'objets ésotériques. Malheureusement, la médaille n'est plus sur la page du lien… La voilà repartie pour une nouvelle recherche sur le site d'e-commerce. Elle retrouve enfin sa médaille : la médaille de l'Archange Gabriel.

Ayant enfin une explication sur le symbole, il lui faut trouver le lien entre l'Ange Gabriel et le meurtrier…

Elle recommence une nouvelle recherche centrée sur l'Archange. Elle y apprend que l'Ange Gabriel est à la fois le messager de Dieu et la main gauche de Dieu, que son nom signifie Force de Dieu ou encore Héros de Dieu. Mais rien n'explique le pourquoi de ce symbole.

Après toutes ces recherches, la jeune femme décide de s'arrêter là ; elle en parlera à son équipier lors du débrief.

L'enquête vire aux meurtres religieux… Étrange tout de même ce symbole… Pourquoi celui-là ? Que signifie-t-il pour le tueur ?

Lors du débriefing, elle explique tout ce qu'elle a pu trouver comme informations. De son côté, Titi lui fait un rapport détaillé sur la victime : Henry Dupré, 56 ans, chef de rayon Boucherie du supermarché où on l'a retrouvé inerte. Divorcé depuis peu, 2 enfants de 33 et 35 ans, il n'a plus aucun contact avec eux depuis plusieurs mois. Ses collègues ne l'aiment pas à cause de son mauvais caractère et de sa trop grande autorité.

Durant son enquête, le policier a aussi découvert que le mort n'était pas tout blanc. Il semble lié à une affaire d'intoxication alimentaire assez importante pour avoir droit à une série d'articles dans les journaux de la région.

Il est donc décidé d'approfondir l'enquête à ce sujet, le coupable peut faire partie des victimes. De plus, il faudra aussi trouver un lien entre les deux meurtres… En premier lieu, ils réalisent une demande auprès des hôpitaux du secteur pour obtenir les rapports médicaux en lien avec l'intoxication massive. Puis, dans un second temps, ils récupèrent les articles de presse de l'époque parlant de l'affaire.

L'heure de la pause est arrivée, ce sera sandwich pour tout le monde. Un agent de police fait le tour du service pour lister les envies de chacun. Après un café bienvenu et un repas sur le pouce, l'enquête doit reprendre.

Entre temps, les premiers résultats d'analyse sont arrivés : la mort est bien due à un empoisonnement. Henry Dupré est mort par injection de strychnine.

Ce poison est inodore mais à un goût amer si on l'ingère… Il est, malheureusement, facile d'en trouver sur internet et les sites proposant ce poison en gélules sont nombreux. De ce point-ci, l'enquête va être ardue : comment savoir quel site fut utilisé pour l'achat ?

Caroline et Titi donne donc priorité au passé de la victime. En connaissant les noms des victimes de l'intoxication, il sera facile de vérifier leur alibi, leur navigation internet et surtout, faire un lien entre les deux affaires.

Ils passent l'après-midi à lire et relire les articles de presse, les rapports médicaux qu'ils ont pu obtenir. Ils déterminent une liste de victimes et surtout, ils découvrent que certains employés du supermarché ont été licenciés après avoir expliqué qu'ils étaient obligés de vendre de la viande avariée sous peine de perdre leurs emplois…

Tout cela leur prend l'après-midi. Il est trop tard pour commencer à prendre contact avec les personnes listées. Ils décident donc de s'arrêter là pour ce premier jour d'enquête. Demain, ils passeront plusieurs heures au téléphone… Et une fois, la liste diminuée, ils pourront recommencer les recherches, trouver le lien entre les futurs suspects et le symbole de Gabriel, lequel aura acheté de la strychnine sur internet, le mobile,… Encore une longue journée en prévision !

Caroline prend, donc, congé de son partenaire. Elle quitte le commissariat et part rejoindre son petit ami à l'appartement.

****

Arrivée à l'appartement, elle sent une bonne odeur de cuisine avant même d'ouvrir la porte. Son homme qui profite de son temps libre d'étudiant, est au fourneau.

Elle pose son sac juste à côté de la porte et va le rejoindre du côté de la kitchenette. Ils s'embrassent et Marc lui demande comment s'est passée sa journée.

— Une journée bien chargée ! Je suis épuisée ! Tu imagines ? Un deuxième meurtre ?! Et en prime, peut-être un tueur en série !!... Même si personne au commissariat n'ose prononcer le mot…

— On peut dire que tu commences bien…

— Tu m'étonnes ! Merci Saint Dié pour sa soi-disant tranquillité !

Caroline met la table pendant que son amoureux finit son plat. La discussion se continue durant le repas. Ils prennent le temps de se détendre en regardant la télévision puis Marc porte une Caroline profondément endormie jusqu'au lit. Il se couche à ses côtés et s'endort à son tour…

Encore une journée de folie… J'espère que demain, nous résoudrons enfin cette affaire… Il en va de la vie d'un innocent ! Et puis, surtout, un tueur rôde dans les rues paisibles de mon trou paumé…

IV

Le lendemain, Caroline est arrivée en avance. Elle s'installe à son bureau, allume l'ordinateur et commence à feuilleter le listing réalisé la veille.

J'ai très bien dormi, trop bien même... Je me suis réveillée avant le réveil... Résultat : je suis là comme une couillonne à attendre qu'il soit assez tard pour pouvoir appeler ! J'aurai du rester à l'appartement au lieu de venir direct...

Elle pose son sac à main sur le bureau, fouille et en sort un roman d'Agatha Christie, Un Cadavre dans la Bibliothèque. Elle l'ouvre au niveau du marque-page et commence à lire.

Mon auteure préférée ! C'est elle qui m'a donné l'envie de devenir enquêtrice !

Tellement prise par sa lecture, elle ne remarque pas l'arrivée de ses collègues. Titi s'installe à son bureau, prend le temps de tout préparer pour sa matinée d'appels téléphoniques puis croise les bras tout en fixant son équipière.

Au bout d'un petit temps, sentant une pression sur elle, Caroline redresse la tête, fixe son collègue et sursaute en criant. Titi en est surpris puis il se reprend.

— Ça fait plaisir…

— Désolée, j'ai été surprise… Je t'avais pas vu arriver…

— J'avais remarqué ! Et sinon, un petit Bonjour, c'est possible ?

—Ah oui, pardon ! Bonjour, comment vas-tu aujourd'hui ?

— Bien, bien… Je vois que tu aimes vraiment l'univers policier !

Il pointe son index vers le livre, la policière acquiesce, gênée.

Il est déjà 9 heures, il est temps de commencer les coups de fil. La quête de suspects débute.

Les numéros s'enchainent, le listing diminue rapidement et très vite, ne reste que quelques noms. La journée est déjà bien avancée lorsqu'ils comparent leur liste de noms à celle des clients arnaqués par Pierre Angelo, la première victime.

Mais le comparatif ne donne rien. Aucun nom en commun, le lien entre les deux meurtres existe-t-il réellement ?

Ils passent à la suite. Ils doivent, maintenant, savoir si parmi les suspects, l'un d'entre eux s'est servi d'internet pour acheter en ligne le poison qui a tué M. Dupré. Pour cela, ils récupèrent les autorisations et demandent aux fournisseurs internet les informations nécessaires.

Mais là encore, aucun d'entre eux n'est en cause pour l'achat. Aucune preuve, aucun suspect réel… l'enquête piétine.

Le duo d'enquêteurs stoppe leur investigation sur l'affaire de la viande avariée et passe à l'enquête familiale. Si ce n'est pas une vengeance par un tiers, il se peut que ce soit un meurtre de sang.

L'enquête reprend dans une autre direction… Ils récupèrent les informations sur les enfants et l'ex-femme. Cette dernière n'habite plus la région, elle est partie vivre dans le sud de la France. Du côté des deux enfants, l'un habite la région parisienne et le second est resté dans les Vosges, du côté d'Anould.

Titi appelle l'ex-épouse tandis que Caroline prend contact avec l'aîné, Franck, qui vit sur Paris. Chacun a un alibi qui se révèle être exact. Ne reste que la dernière, Laure. Ils l'appellent mais tombent sur le répondeur. Ils lui laissent un message afin de lui proposer soit de passer au commissariat soit de les recevoir chez elle.

Se retrouvant dans l'attente, les deux agents prennent une pause-café pour se détendre.

En attendant, ils décident de chercher s'il est possible, sur le secteur, de se procurer de la strychnine. Ils prennent contact avec les pharmacies, les cabinets de médecine et vétérinaire, les hôpitaux. La recherche est à nouveau infructueuse : ce poison est introuvable sur Saint Dié et ses environs.

Alors que leurs recherches se terminent, le téléphone sonne. Caroline répond, Laure Dupré est au bout du fil. L'agent de police lui explique la situation et la cause du message sur le répondeur. La jeune trentenaire, surprise et en colère, lui répond sèchement.

> *« Même si mon père était un enfoiré de première, jamais je n'aurais osé toucher à un seul de ses cheveux ! Jamais ! Il nous terrorisait trop... C'est pour ça qu'aucun de nous n'a gardé contact avec lui... »*

Elle continue son monologue pendant quelques minutes encore, la jeune policière ne sachant quoi lui répondre. Les larmes se font entendre dans la voix de Laure, le passé lui revient en tête. Caroline prend enfin la parole pour s'excuser et décide de prendre congé de la jeune femme.

Il est, maintenant, clair que la victime n'était pas toute rose. Henry Dupré était, au final, un homme sévère, autoritaire et surtout violent ; il avait plusieurs fois porté la main sur sa femme... Le divorce, sa solitude, la peur de ses employés vis-à-vis de lui, tout cela n'était qu'une répercussion de son comportement face à la société et aux gens qui l'entouraient.

A cet instant, Caroline et Titi ont le ressentiment honteux que cet homme a mérité sa mort...

Une fois, le malaise passé, ils doivent reprendre l'enquête. Le comportement réel de la victime a chamboulé leur façon de penser à propos du meurtrier : est-ce une personne de son entourage ? Ou tout simplement une victime de sa violence ?

Après tout, dans la société, beaucoup de personnes peuvent passer à l'acte et devenir un tueur. Et si le meurtrier était un inconnu ou presque pour M. Dupré : un voisin, une personne croisée dans la rue, ou n'importe qui d'autre...

Il est, tout à fait, possible que les deux meurtres soient liés mais pas de la façon dont pensaient le duo d'enquêteurs.

Il est temps de reprendre l'affaire au début, au premier assassinat !

Caroline et Titi débarrassent leurs bureaux, prennent les dossiers des deux meurtres et commencent un tri : les victimes, leurs actes avant leur mort, tous les détails qui peuvent faire aboutir l'enquête. Et là, tout devient clair !

Les seuls liens entre les victimes ne sont rien d'autres que le symbole de Gabriel retrouvé sur les lieux des crimes, leur sexe et, surtout, leur passif, les préjudices dont ils sont à l'origine...

Le tueur serait alors un justicier... Ou du moins le croit-il !

Et tandis que ces détails poussent les deux policiers à réfléchir à un portrait psychologique de l'assassin, Caroline se met à douter.

— Pourquoi avoir choisi le symbole de Gabriel ? C'est l'ange annonciateur ! Pas un justicier ni un vengeur !

— Je sais pas… Faudrait lui demander ! Peut-être qu'il s'est trompé…

Avec toutes les informations recueillies et leurs lacunes assumées en psychologie, ils décident de se tourner vers un psychologue pour les aider à définir un profil du tueur.

Ils contactent un des psys référents, Mme Delgado, qui leur propose de lui envoyer par mail les éléments qui lui serviront. Elle leur explique qu'elle va dès que possible les regarder et les étudier et dès qu'elle aura réalisé son analyse, elle reprendra contact avec eux. Cela devrait lui prendre quelques jours.

Mais avions-nous ces quelques jours ? Quand le meurtrier allait-il passer à nouveau à l'action ?...

Titi regarde sa collègue en pleine réflexion.

— On t'a perdu ? Tu veux une carte pour retrouver ton chemin ou on se remet au travail ?!

— Ah ! Désolée, je me demandais juste quand notre tueur allait repasser à l'acte…

— Pense pas à ça ! Sinon tu n'avanceras pas ! Les « si », les « quand », c'est qu'une gêne dans une enquête ! Faut se concentrer sur le présent ! C'est tout !

— Je sais… Je sais mais c'est pas évident…

— Tu sais ce qui n'est pas évident ? Finir cette putain d'enquête ! C'est bien beau de faire un profil du tueur mais après ? On a pas d'empreintes ! Plus de suspect ! Plus rien ! Voilà sur quoi on doit se concentrer ! Alors, on s'y remet et vite ! Je veux être rentré tôt ! Ce soir c'est Stéphane Plaza et je veux pas louper ça ! Ok?

Caroline sourit gentiment, Stéphane Plaza plus important que l'enquête… Seul Titi pouvait le faire et surtout le dire !

Le sérieux reprend place. Ils reprennent à nouveau chaque élément de l'enquête et cherchent le moindre détail, la moindre information qui pourrait les mettre sur la piste d'un nouveau suspect.

Le temps presse, s'ils ont raison et que le meurtrier se prend pour un justicier, la ville entière est en danger. Qui n'a jamais fauté dans la vie ?

Après avoir lu, relu, analysé plusieurs fois tous les éléments du dossier, rien… Pas le moindre indice pour redémarrer l'enquête, trouver un nouveau suspect… L'affaire est au point mort !

Dépités et démotivés, nos deux agents décident de s'arrêter là pour aujourd'hui. Il n'y a, pour l'instant, plus rien à faire…

Chacun prend ses affaires et rentre chez soi.

****

Caroline arrive à son appartement, Marc est déjà reparti pour Nancy. Un nouveau tournage l'attend.

Elle dépose son sac à main, regarde l'intégralité de son logis puis allume la télé. Rien d'intéressant mais elle la laisse allumée sur la première chaîne, une émission sur des campings… Juste pour avoir un bruit de fond, pour se sentir moins seule.

Elle prend le temps de vérifier son frigo, son chéri lui a fait les courses avant de partir. Il est plein de viandes et de légumes, quelques yaourts se cachent derrière un pot de crème.

Elle fait son choix et se prépare un bon petit plat.

Pour une fois que j'ai le temps...

Elle mange devant la télé, le programme a changé, c'est le tour d'un jeu de questions de culture générale et de boules. Elle regarde d'un œil puis attrape son ordinateur portable et fait le tour des réseaux sociaux, de ses mails avant de regarder un film en streaming.

Quelle journée ! Un retour à la case départ en bonne et due forme ! Seul point positif: Paul Abolesky est libéré... Et après ? Sans élément supplémentaire, impossible de continuer l'enquête ! Le meurtrier va s'en tirer... Et la peur va tomber sur ma ville, mon trou paumé sans que je puisse faire quoique ce soit !

V

13 juillet, l'enquête piétine... On peut même dire qu'elle stagne, complètement au point mort ! Le seul élément supplémentaire est le portrait psychologique du tueur : très certainement en homme en pleine forme, entre 20 et 30 ans, qui croit être un justicier... La psy nous a aussi expliqué que le symbole de Gabriel pouvait signifier que notre assassin se prend pour un messager, il ne tue pas par plaisir mais pour prouver la culpabilité de ses victimes... Mais c'est pas tout, il se pourrait qu'il agisse pour le bien d'une autre personne ! Tout ça parce que, normalement, c'est l'ange Michaël le justicier et qu'il représente la lumière tandis que Gabriel est l'ombre... Un truc du genre... Pour moi, c'est juste un taré qui se croit au-dessus des lois !

Tout en repensant à l'enquête, Caroline se laisse conduire par Titi sur les lieux du nouveau crime. Le justicier, comme l'a surnommé la journaliste Élodie Duffoin, a à nouveau frappé.

Lorsqu'ils arrivent, ils remarquent tout de suite un détail qui ne correspond pas au profil établie : la victime est une femme !

Le meurtre a eu lieu dans une agence d'assurances rue d'Alsace. La morte est une employée du nom d'Alexandra Renard, elle a été retrouvée ce matin vers 8h30, étouffée par des billets de banque. Rien de plus pour l'instant mis à part une nouvelle carte déposée sur le corps.

Le médecin légiste, une fois les premières constatations finies, repart avec le cadavre jusqu'à la morgue. Comme depuis deux mois, il effectuera en priorité l'autopsie et les prélèvements.

Pendant ce temps, la police gèrera le reste : la recherche d'informations, le mobile du crime et le listing des suspects. Cette fois, Caroline et son collègue vont devoir redoubler d'efforts, le préfet veut des résultats pour stopper les rumeurs d'incompétences lancées par les journalistes.

Tandis que le duo d'enquêteurs quitte les lieux du meurtre, ils sont alpagués par Melle Duffoin. Elle souhaite des informations sur ce nouvel assassinat. Titi grogne et tente de passer mais la journaliste le bloque. Agacé, il se lâche.

— Écoute-moi bien, la journaleux ! Tu dégages du passage ou je te fous au trou pour outrage à agent ! On a une enquête à résoudre et tes conneries nous font perdre notre temps !

— Les habitants ont le droit de savoir ! Alors dites-moi : le justicier a-t-il encore frappé ? Avez-vous des pistes ? Des suspects ?

— Et moi je te dis de dégager ! Tu veux des infos ? Pour ça, faut nous laisser bosser !

Il la bouscule et passe sans un regard sur la journaliste qui a failli tomber. Caroline suit le mouvement, tout en s'excusant. Elle rejoint son équipier qui ne décolère pas, à la voiture.

Tout le long du trajet jusqu'au commissariat, la policière écoute Titi se plaindre des médias et des journalistes « à deux balles » qui les empêchent de faire leur travail. Ne sachant que répondre, elle ne fait qu'acquiescer.

****

Arrivés aux bureaux, ils sont convoqués par le commissaire. Le préfet a prévu de passer dans la journée, pour faire un suivi de l'enquête et remotiver les troupes. Caroline et Titi quittent le bureau de leur chef, le policier se tourne vers Caroline, souriant jaune.

— Ça va être notre fête ! Remotiver, mon œil ! Nous engueuler, ouais ! Faut qu'on trouve un max de choses si on veut pas se faire r'monter les bretelles !

L'enquête démarre donc sur les chapeaux de roues.

Première chose, il faut découvrir le secret malsain de la victime. Si le « justicier » s'est chargé d'elle, cela veut dire que cette femme a mal agi et n'a jamais été inquiétée par la justice. Titi se charge du côté vie personnelle et Caroline, vie professionnelle.

Elle téléphone au directeur de l'agence ; il lui faut tous les documents en rapport avec Alexandra Renard : fichiers clients, contrats d'assurances, bancaires. Elle le questionne sur ses relations avec ses collègues et apprend peu de chose, à part le fait qu'elle faisait partie des meilleurs commerciaux de l'agence… le mobile aurait pu être la jalousie mais cela ne correspondrait plus au profil du tueur. Elle reçoit un mail comprenant l'intégralité de sa demande dans la demi-heure qui suit le coup de fil.

Elle ouvre tout et commence à décortiquer. Elle note tout ce qui lui paraît étrange… Et les notes commencent à s'accumuler. Elle remarque des disparités entre les montants des assurances pour des profils quasiment identiques. Le prix augmente lorsque les clients ont une profession à bas revenu…

Caroline liste, alors, les noms de tous les clients ayant une ou plusieurs assurances à des prix exagérés.

Une fois, toutes les informations récoltées, le duo fait une réunion. Il est temps de croiser les infos.

Titi prend la parole en premier, rien de bien intéressant, une femme approchant de la trentaine, avec un revenu très décent, pas de mari, célibataire mais à la sexualité active, des parents décédés, pas de frère ou de sœur.

C'est au tour de sa collègue. Elle lui explique tout, les différences de tarification selon la catégorie socio-professionnelle des clients. Elle lui montre le listing et les montants parfois exorbitants que certains ont dû payer. La décision est prise de développer l'enquête à ce sujet.

Notre tueur, un messager ? Oui, au final, nous revoilà en train de déterrer les cadavres de la victime… Comme à chaque fois depuis cette série de meurtres… Ce pseudo justicier ne fait que nous amener à découvrir le mal réalisé par ces personnes… Mais devaient-elles mourir pour autant ?

L'heure du déjeuner arrive et toujours pas de préfet. Titi semble de plus en plus stressé, l'enquête n'avance pas aussi vite qu'il le souhaiterait… Le mobile est trouvé mais rien d'autres, pas de piste pour trouver le coupable, même pas un suspect et ce résultat d'autopsie qui n'arrive pas !

Ils le savent, s'ils n'ont rien de plus, ils vont se prendre un savon cette après-midi !

Le repas au restaurant chinois du coin ne les réconforte même pas…

De retour au bureau, une joie éphémère se fait ressentir lorsqu'ils remarquent le mail contenant les résultats d'autopsie.

La victime, Alexandra Renard, âgée de 29 ans, est bien morte étouffée entre 6h et 7h, ce matin. Aucune trace de lutte, aucune empreinte ni le moindre élément organique. Une analyse sanguine est en cours pour vérifier si la victime était droguée avant sa mort. En conclusion, la victime s'est laissé tuer par étouffement, le meurtrier devait porter une combinaison.

En clair, aucun élément ne pouvant faire avancer l'affaire… Le sourire de Titi disparaît totalement pour laisser place à la démotivation. Caroline tente de le remotiver.

— Il faut attendre les résultats de l'analyse ! Si la victime ne s'est pas débattue, cela ne veut dire qu'une chose : elle ne se rendait pas compte qu'elle mourrait !

— Ce qui est impossible… La fonction survie se met forcément en marche quand on s'étouffe…

— Tout à fait ! Et si jamais elle a été droguée, on a une chance de trouver le coupable ! On va l'avoir notre piste ! Je te le garantis !

Titi n'a pas le temps de répondre, le préfet est là, accompagné du maire de Saint Dié et du commissaire Marchal. L'heure de se faire remonter les bretelles est arrivée !

Toute la brigade s'arrête, se redresse et salue les trois hommes. Le trio, sous l'impulsion du commissaire, s'approche du duo d'enquêteurs, tendu et stressé. Les présentations et les salutations officielles se font de manière solennelle et stricte.

Les policiers expliquent, avec quelques détails, l'affaire et son avancée. Le préfet les écoute attentivement, le maire, lui, se tourne régulièrement vers Marchal. Il semble inquiet. Caroline, remarquant ce manège, prend la parole pour expliquer où en est l'enquête à ce moment précis. Elle parle du mobile et surtout, du fait que tous les résultats d'analyse, suite à l'autopsie, ne sont pas encore arrivés mais que ceux-ci pourront les aider à avancer.

Le préfet acquiesce de la tête puis leur demande des précisions.

— En clair, vous me dites que c'est la scientifique qui vous ralentit ?!

— Je n'ai pas dit ça, Monsieur ! Je dis juste que ce troisième meurtre a eu lieu ce matin et qu'une enquête ne se fait pas en quelques heures ! Surtout quand il y a un mort !

Le préfet, un peu surpris par cette audace, se tourne vers le commissaire, rouge de colère et de gêne.

— Eh bien, vous avez des agents qui ont la langue bien pendue ! Espérons que leurs actes soient aussi vifs !

Caroline rougit, un peu honteuse d'avoir répondu aussi directement à cet homme. Un tel comportement pourrait la gêner pour le futur…

Le trio les salue à nouveau puis part en direction du bureau du commissaire.

Une fois entrés, Titi se met à rire et se moque de sa collègue.

— Alors ça ! On peut dire que t'en as rien à foutre de ta carrière, toi ! Comment tu vas te faire démonter par le père Marchal quand ils seront partis ! T'as intérêt à plus être là quand ça arrivera !

— Déconne pas… J'ai pas d'autres projets de carrière, moi !

Quelle cruche ! Les mots sont sortis tous seuls, sans me demander la permission ! Et qu'est-ce que je vais faire, si jamais je suis virée ?! J'ai complètement merdé !

Tandis que Caroline croise les doigts pour que tout cela se calme, son co-équipier lui propose de faire une ronde en ville en attendant les résultats. Il vaut mieux être de sortie que de rester au bureau en attendant de passer à la guillotine…

****

Durant la ronde à pied, Caroline remarque que l'histoire de ce tueur justicier est sur toutes les bouches. Tout le monde ne parle que de ça et de l'incompétence de la police.

« Pourquoi ils ne l'arrêtent pas ? Mais qu'est-ce qu'ils font ? Une enquête à deux balles ! Si on a rien à se reprocher, il nous attaquera pas ! Tu parles d'une police, elle est même pas capable d'arrêter un tueur ni les fraudeurs !... »

Voilà donc à quoi pensent les Déodatiens ?

Au final, cette ronde qui devait l'aider à changer les idées, l'a complètement démotivée et lui a fait prendre conscience que les journalistes avaient réussi à dé-diaboliser un tueur en série…

La policière remarque alors qu'elle n'est pas la seule à être touchée, son collègue a les larmes aux yeux et le regard honteux.

— Après tout, ils ont pas tort ! On n'est même pas foutu de trouver rien qu'un suspect…

Il se tourne vers Caroline, lui sourit timidement puis lui propose de retourner au bureau.

****

De retour au commissariat, ils remarquent que la voiture du préfet est toujours là.

Ils entrent, vont jusqu'à leurs bureaux, s'y assoient.

L'analyse sanguine est finie. Les résultats sont arrivés. La victime a bien été droguée, par des somnifères qu'on peut obtenir en pharmacie, sans ordonnance.

Il est temps de prendre contact avec toutes les pharmacies du secteur. Il suffit de récupérer les ventes des somnifères et les informations bancaires pour tous les achats par carte bancaire ou par chèque. Les deux agents croisent les doigts pour qu'il n'y ait pas d'achat en liquide.

La récupération de ces informations prend du temps et il commence à se faire tard. Pour lier les informations bancaires à des noms, il faudra attendre le lundi suivant que les banques soient à nouveau ouvertes, le lendemain étant un jour férié et le début du weekend.

Titi propose d'en parler au chef Marchal, lui-même, et de laisser Caroline quitter le commissariat avant la réception des foudres de ce dernier.

Caroline accepte volontiers, surtout si le commissaire apprend entre temps qu'ils sont sur piste, cela permettra d'éviter un trop gros savon.

Elle prend son sac, salue son collègue et s'en va sans demander son reste.

****

De retour chez elle, elle se prépare vite fait bien fait un repas pas équilibré : une bonne plâtrée de pâte accompagnée d'emmental râpé.

Tout en s'enfilant son repas, elle fait le tour des réseaux sociaux et se met à discuter en discussion privée avec son petit ami.

Elle lui explique sa journée et le risque de blâme qu'elle encoure. Elle lui parle aussi du nouveau meurtre. Marc prend le temps de la réconforter, son tournage débuté cette après-midi devrait se terminer dimanche. Il viendra la voir dès lundi et devrait pouvoir rester toute la semaine avec elle…

Ils se quittent, elle éteint son ordinateur portable, va prendre une douche et se couche plus sereine et plus détendue.

J'espère vraiment que notre piste va donner quelque chose ! Je veux prouver à tous que la police est utile, que je suis faite pour ça ! Demain, c'est 14 juillet… Cérémonie et blabla toute la journée… Je préfèrerais continuer l'enquête que de devoir subir ces inutilités !

VI

Weekend fini, pas trop tôt ! La cérémonie m'a semblé durer une éternité... Ce n'est vraiment pas pour ça que je me suis engagée !

Ce lundi matin, Caroline arrive au commissariat, plus motivée que jamais.

Elle le sent, l'enquête va bouger... Aujourd'hui, avec Titi, ils vont revoir toutes les informations récupérées, les regrouper et surtout les croiser. Si la piste des comprimés de somnifère fonctionne, ce soir, ils devraient avoir, enfin, un nouveau suspect... Voire même un coupable !

Elle entre dans la pièce, salue ses collègues déjà présents puis s'installe à son bureau. Elle sort le dossier du tiroir, le pose sur la table et l'ouvre. Son équipier arrive au moment où elle prépare les documents pour le croisement.

— C'est parti ! On va bien s'amuser avec tout ça !

Caroline lève la tête vers son équipier. Avant de commencer, il lui fait rapidement un topo sur sa conversation avec le commissaire. Il lui apprend que leur chef est heureux de cette nouvelle piste et, surtout, soulagé de voir que sa nouvelle recrue sait aussi agir.

Elle sourit, gênée, et remercie Titi.

Il est temps de passer à l'action.

Ils prennent les documents bancaires, les regroupent par banque puis se divisent le listing. Chacun récupère 5-6 noms de banque à appeler pour demander les renseignements. Ils prennent contact avec chaque agence et récupèrent au fur et à mesure les informations bancaires et surtout, les noms des propriétaires des comptes.

Une fois, tout cela fait, ils regroupent le tout, recherchent un maximum d'infos sur chaque acheteur puis trient en fonction du profil psychologique du tueur. A la fin, seule une quinzaine de noms reste…

Il va falloir prendre contact avec chaque pour connaître leurs alibis. Le duo arrive à joindre la plupart, deux d'entre eux ont un alibi à vérifier et seul un nom reste sans contact, Miguel Santos. Caroline laisse un message sur son répondeur.

Ils décident de prendre une pause, midi est déjà là !

****

Ayant déjà bien avancé, Titi propose un petit resto à sa collègue qui accepte volontiers. Elle en profite pour bipper Marc qui les rejoint au restaurant chinois du coin.

Titi ne manque pas d'humour et de lourdeur pour sa première rencontre avec le petit ami de sa co-équipière qui est extrêmement gênée. Rouge comme une pivoine, elle n'a de cesse de supporter les petits pics des deux garçons.

Eh bien, il faut croire que Marc et Titi ont un énorme point commun : leur humour pourri !

****

De retour au commissariat, Titi est fier de parler de sa nouvelle connaissance à tout le monde. Caroline, quant à elle, est encore toute rouge, les autres agents la regardent amusés.

Le sérieux reprend le dessus, ils ont reçu un appel de M. Santos durant leur pause. Son alibi devra aussi être vérifié.

Ils reprennent chaque alibi sensible. Les appels téléphoniques continuent, il faut appeler les employeurs, des médecins, des femmes, des petits amis,… Au fur et à mesure, la liste des suspects potentiels diminue ; et, à la fin, n'en reste plus qu'un.

L'alibi de Miguel Santos ne tient pas, personne ne l'a vu à son travail, il semble qu'il se soit mis en arrêt maladie depuis le jour du meurtre…

La chance semble sourire aux deux agents !

Ils récupèrent l'adresse du suspect, quittent le commissariat, prennent une voiture de service et partent jusqu'à l'immeuble où habite Miguel Santos. Il devra répondre à leurs questions !

L'enquête avançait enfin ! Et plutôt en bien... Espérons que, cette fois-ci, nous ne nous trompions pas !

****

Arrivés chez lui, Caroline et Titi prennent leur précaution. Ils sonnent chez un des voisins, entrent dans le bâtiment et montent jusqu'à l'appartement du potentiel assassin.

Ils sonnent et entendent la voix d'un homme qui leur demande quelques secondes. La porte s'ouvre, la tête de M. Santos apparaît. Surpris, il ne dit rien pendant un moment, Titi en profite pour se présenter et montrer son insigne. L'homme les laisse entrer, malgré un semblant d'agacement.

— Qu'est-ce que vous me voulez ? Ça vous a pas suffi de m'appeler ?

Il les fixe, son agacement est de plus en plus visible. Titi décide de le gérer, son expérience pourra l'aider à désamorcer la tension ressentie.

— Le problème, Monsieur, c'est que nous avons appelé votre patron… Il vous a pas vu depuis vendredi ! Vous pouvez nous expliquer ?

— Je comprend pas de quoi vous me parlez ?! J'ai jamais dit que je bossais ! J'étais chez mon médecin !

Les deux agents se regardent, perplexes.

— Excusez-moi, Monsieur, mais vous ne nous avez absolument pas parlé de votre médecin !

— Pfff ! Vous vous foutez de moi ?

— Nous sommes désolés mais… Pourriez-vous nous donner le numéro de votre médecin ?

— Ouais, ouais…

Il cherche le numéro de téléphone dans le répertoire de son portable, le note sur un papier et le tend à Caroline. Elle le remercie, prend le bout de feuille, s'écarte pour être tranquille et appelle le docteur Bouvier.

Le coup de fil dure quelques minutes, Titi reste sur ses gardes et surveille le suspect. Son équipière raccroche et le rejoint. Elle lui glisse deux mots à l'oreille, l'alibi n'est pas bon. Le médecin confirme qu'il a vu son patient ce jour-là mais après 8h…

— Monsieur Santos, nous avons un problème… De taille ! Vous nous avez donné deux alibis différents et aucun n'est bon !

Titi s'approche de l'homme, tranquillement.

— Vous allez nous suivre jusqu'au commissariat ! Il va falloir nous expliquer tout ça !

L'homme soupire mais ne cherche pas à fuir. Il se laisse accompagner par les deux policiers.

****

De retour au bureau, les agents laissent Miguel Santos à leur collègue qui l'emmène dans une des salles d'interrogatoire.

Titi jubile, ils ont trouvé le suspect inespéré : pas d'alibi, un caractère fort. De son côté, Caroline se pose de nombreuses questions, cet homme apparaît comme le suspect parfait…

Encore un suspect parfait ! Trop parfait ! Pas d'alibi, cool… Mais aussi pas de preuves… Aucun lien entre lui et la victime ! À part l'achat de somnifères… Trop peu pour une inculpation…

Ils récupèrent le dossier de l'enquête et les informations récupérées sur M. Santos. L'heure de l'interrogatoire est venue !

Ils le rejoignent dans la salle d'interrogatoire numéro 1. Ils s'assoient en face de lui, Caroline pose le dossier et commence à éparpiller sur la table, les documents. Miguel Santos, calme et serein, regarde le manège des deux policiers.

— Lorsque vous aurez fini votre ménage, on pourra parler ?

Titi le fixe quelques secondes avant de commencer. Il ne prend même pas le temps de répondre au suspect, il préfère débuter l'interrogatoire et pose une première question.

— M. Santos, où étiez-vous vendredi matin entre six et sept heures ?

— Je vous l'ai déjà dit ! J'étais malade ! Donc en train de me préparer pour aller chez mon médecin !

— En êtes-vous sûr ? Quelqu'un peut-il le confirmer ?

— Le confirmer ?! Bien sûr que non ! J'habite seul… Et vous le savez !

— Donc vous n'avez pas d'alibi…

Titi note au fur et à mesure toutes les paroles de Miguel Santos. Il reprend les questions.

— Connaissiez-vous Mme Alexandra Renard ?

— Qui ?! Jamais entendu parler ! Elle a fait quoi, celle-là ?

— Elle est morte… On vous l'a dit la première fois qu'on vous a contacté !

— Ah c'est votre mort ! Okay… J'avais oublié son nom ! Et, donc, quel est le rapport avec moi ?

— Vous avez bien acheté des somnifères en début de semaine dernière ?

— Oui. J'ai des insomnies et alors ? Qu'est-ce que ça peut vous faire ?

— De fortes traces de Doxylamine ont été retrouvées dans le sang de la victime ! Six fois la dose maximale autorisée ! On sait qu'il s'agit du même médicament que vous avez acheté !

— Et alors ?! Je suis pas le seul à en prendre !

— Mais, vous ! Vous n'avez pas d'alibi !

— Ah ouais… Et je l'aurais tué pour quoi ?! Je la connaissais même pas !

— Ça, c'est à nous de le prouver ! Tous les éléments nous mènent à vous ! Alors arrêtez de mentir et dites-nous tout ! Pourquoi l'avez-vous tué ?

L'homme tape soudain du poing sur la table et se redresse comme une furie, les yeux injectés de sang. Puis il pointe son index vers le policier.

— Je viens de vous dire que je ne sais pas qui elle est ! Essayez de me coller un crime que je n'ai pas commis et, je vous le jure, vous aurez des problèmes !

Caroline tente de ramener le calme et propose à M. Santos de se rasseoir.

— Monsieur, comprenez que, avec tous les éléments que nous avons recueillis et le fait que vous n'avez aucun alibi valable, des soupçons à vos propos sont normaux… Si vous êtes innocent, vous devez nous aider à le prouver ! Dites-nous tout !

La colère du suspect redescend, il s'assoit puis, tout en se fixant sur la jeune femme, s'explique.

— C'est vrai, j'ai bien acheté des somnifères mais pour moi, et moi seul ! D'ailleurs, si vous fouillez ma pharmacie, vous trouverez la boîte avec les comprimés restants ! Pour le reste, j'étais chez moi le vendredi matin, seul !

— Et donc, vous ne connaissez pas la victime ? Vous n'avez jamais entendu son nom ? Jamais croisé ?

— Non, c'est une totale inconnue ! Jamais vu, jamais croisé, jamais parlé !

Caroline donne un coup d'œil à son collègue, l'interrogatoire n'ira pas plus loin…

Une fois sortis de la salle, Titi appelle un autre agent et lui demande d'aller chez le suspect pour vérifier si tout ce qu'il a dit est vrai.

En attendant son retour, les deux policiers font leur rapport à leur supérieur. L'enquête piétine à nouveau, et toutes les pistes actuelles ne mènent à rien... Après s'être fait remonter les bretelles par le commissaire, ils retournent à leur bureau.

Leur collègue revient de l'appartement, il a trouvé les somnifères. Il leur donne la boîte. Titi met des gants et l'inspecte. Il l'ouvre, retire les plaquettes et compte les comprimés manquants... Il n'en manque pas assez, ce n'est pas la bonne boîte de somnifères.

Et Miguel Santos n'en a pas d'autres chez lui... Et, surtout, il n'en a pas acheté d'autres.

Cet élément étant le lien principal entre le tueur et la dernière victime, le suspect ne peut devenir coupable. Dans l'heure qui suit, M. Santos est libéré, faute de preuves.

Le reste de la journée ne change rien, et les deux agents de police n'ont plus de pistes... La seule conclusion est que les somnifères ont été payés en liquide, donc aucune trace d'achat, ni de pistes supplémentaires.

Caroline et Titi rentrent chez eux, démotivés et perdus.

****

Enfin rentrée chez elle, la policière n'a même pas le cœur de parler. Marc ne lui pose aucune question, il la laisse tranquille. Il sait que lorsqu'elle est dans cet état, il est préférable de ne rien dire, il faut attendre que ce soit elle qui décide de parler.

Il prend, donc, le temps de préparer le repas dans le calme. Durant le dîner, le silence subsiste... Jusqu'au dessert, une charlotte au chocolat faite maison. Le dessert préféré de Caroline.

Grâce à cette petite attention, le dialogue reprend. Elle lui parle de sa journée remplie d'émotions : la joie, l'engouement, la tristesse, l'impression de ne pas avancer, de ne servir à rien…

Marc la réconforte. Après tout cela, elle se sent mieux et plus détendue. Elle part se coucher directement, sans prendre le temps de regarder un peu la télévision.

Une journée bien remplie... Qui n'aboutit malheureusement à rien ! Je ne sais plus quoi penser, ni faire ! Le meurtrier court toujours et nous ne pouvons rien faire... Serons-nous capable de l'arrêter ? Combien de victimes encore avant qu'on le stoppe ?

VII

2 août, nous sommes toujours au point mort ! Pas de suspect, pas de coupable et un nouveau meurtre... Encore un ! Les journalistes, la population... Pour tous, nous sommes une bande d'incapables... Et ils ont peut-être raison !

Caroline rejoint son collègue sur le parking de l'hôpital. Le corps a été retrouvé, ce matin, devant l'entrée de l'établissement. Un véritable carnage, le médecin légiste est déjà sur place. Un périmètre de sécurité est installé, la victime a été éventrée et il y a du sang partout.

Le duo d'enquêteurs vient à la pêche aux informations. Il s'agit d'un homme, un chirurgien réputé, André Gérard ; on l'a éventré avec un couteau de boucher et on lui a arraché les viscères. On les a retrouvés posés en tas, à un mètre du corps. Le légiste emmène le corps pour l'autopsie.

Caroline et Titi récupèrent la carte de Gabriel, le « justicier » a encore frappé. Ils en concluent que la victime possède un secret... L'enquête va donc débuter sur le passif du chirurgien.

Ils quittent la scène du crime et partent pour le commissariat. Le temps des recherches va commencer.

****

Au bureau, chacun s'installe devant son ordinateur. Caroline s'occupe des recherches sur la vie personnelle de l'homme, Titi se charge du côté professionnel.

M. Gérard semble avoir une vie banale, très classique. Un chirurgien avec une bonne réputation, qui gagne bien sa vie, qui aime les femmes et les belles voitures. Jamais marié, pas d'enfants, pas de problèmes familiaux ni avec ses collègues. A première vue, cet homme est un saint. Il va donc falloir fouiller davantage.

Titi passe aux choses sérieuses : les patients. Pour cela, il prend contact avec l'hôpital mais il se confronte à une personne très, trop procédurale qui lui refuse l'accès aux données. Il va falloir obtenir un mandat. La demande est faite dans la minute. Vu les circonstances, ils reçoivent le mandat rapidement.

Une heure plus tard, Caroline et Titi partent pour l'hôpital avec le mandat.

****

Les deux agents arrivent sur le parking de l'établissement. Ils perdent du temps à trouver une place, se garent puis descendent les escaliers avant d'entrer par les urgences. La porte principale étant bloquée durant l'enquête.

Ils rejoignent l'accueil, montrent leurs plaques et demandent à parler au directeur. Il les y rejoint. Caroline voit arriver un homme, cheveux grisonnants, la quarantaine ; il leur serre la main, tout en se présentant, puis leur propose de le suivre jusqu'à son bureau.

Les enquêteurs s'assoient puis expliquent leur venue. Titi lui montre le mandat, le directeur le prend et le lit. Puis, après quelques secondes, il accepte leur requête et appelle sa secrétaire. Elle regarde les policiers à son entrée dans le bureau, écoute son supérieur, acquiesce et quitte la pièce. Les documents digitaux seront envoyés par mail et une copie des dossiers sera disponible dans la journée et envoyée par coursier au commissariat.

Caroline et Titi, après avoir posé quelques questions sur la victime, prennent congé et quittent l'hôpital.

****

De retour dans leurs locaux, ils regardent directement leurs boîtes mail et y découvrent les documents, comme prévu.

Ils les décortiquent et remarquent que le chirurgien a pratiqué beaucoup d'opérations ces dix dernières années. A la réception des dossiers, ils devront tout analyser au côté d'un spécialiste… Ils appellent le médecin légiste pour lui demander de l'aide le moment venu ; n'ayant pas le temps, il leur donne le nom d'un de ses collègues. Ils prennent contact avec, le médecin accepte. Ils conviennent de la rappeler lorsque le coursier sera passé.

Entre temps, ils reçoivent le rapport d'autopsie : André Gérard, chirurgien de 51 ans. Mort éventré et éviscéré entre 7h et 8h. Des marques aux poignets et aux chevilles indiquent qu'il a été attaché par une corde. Des fibres ont été retrouvées. Aucune trace d'anesthésiant, ni de somnifère dans le sang. L'éventration a été faite par un couteau de boucher, la coupure n'est pas nette. Le légiste en a conclu que l'homme a été éventré en étant conscient.

A la lecture du rapport, Caroline a un haut le cœur. Titi compatit.

— Tu sais, t'en verras d'autres au cours de ta carrière ! Moi, tu vois, j'ai débuté à Marseille… La guerre des gangs, les vengeances, les règlements de compte,… Après ça, plus rien ne te dérange !

Il marque une pause puis reprend.

— J'en ai vu de toutes les couleurs ! On s'imagine pas les dégâts que peut faire une kalachnikov !

Il rit puis propose à sa collègue de reprendre.

Rire en disant des horreurs… On peut dire que cet homme avait dû en voir ! Et ce nouveau meurtre ! Une véritable boucherie ! Éventrer quelqu'un de conscient, le summum de l'horreur ! Et ce psychopathe traîne encore dans mes rues !

Après la pause déjeuner, l'enquête reprend. Le coursier dépose les dossiers en début d'après-midi et la légiste les rejoint dans l'heure qui suit.

Ils étudient, un à un, les dossiers des patients et un détail apparaît : pour chaque patient, minimum deux opérations… Pas un seul patient n'est ressorti des consultations sans en subir. Caroline et Titi sont fiers de cette découverte. Voilà donc le vice caché de M. Gérard !

Mais ce n'est pas tout, certaines opérations réalisées n'étaient pas nécessaires…

La consultante les laisse. Les enquêteurs vont se concentrer sur les victimes du chirurgien dans l'espoir que le tueur en fasse partie.

Ils se partagent le travail. Caroline prend le temps d'appeler son petit ami pour le prévenir, elle rentrera tard ce soir vu l'étendue du travail. Ils commencent leurs recherches et, soudain, après quelques heures, la policière découvre un détail important. Elle en fait part à son collègue.

— J'ai trouvé quelque chose d'intéressant ! Regarde !

Elle tourne l'écran vers Titi qui lit tout haut le nom de la patiente, Mme Maria Sanchez. Il regarde Caroline, perplexe. Elle lui explique, tout en montrant sur l'écran les informations.

— Née Sanchez, mariée depuis six ans, et son nom de femme mariée, Santos ! C'est la belle-sœur de Miguel Santos !

— Bingo ! On a un lien avec la victime précédente ! Notre ancien suspect n'est peut-être pas si innocent…

Elle acquiesce, leur nouvelle piste les conduit à nouveau vers cet homme. Mais il se fait tard et ils devront attendre demain pour connaître le fin mot de l'histoire.

Miguel Santos… Encore cet homme… J'en suis sûre, ce n'est pas une coïncidence ! Impossible que ça en soit une ! Notre enquête se décante enfin ! J'ai hâte d'être à demain !

VIII

Nouvelle journée d'enquête... Et une journée qui va nous faire avancer, j'en suis sûre !

La policière arrive tôt au commissariat, comme tous les matins depuis son arrivée dans les Vosges. Elle rejoint son équipier dans la salle principale, une réunion a lieu à propos de l'enquête. L'avancée de la veille a révélé de nouveaux éléments et, aujourd'hui, tout le monde espère un aboutissement et l'arrestation d'un coupable.

Ce matin, Caroline et Titi se préparent, ils doivent aller chercher Miguel Santos, une nouvelle fois, suspect dans leur affaire. Accompagnés de deux autres collègues, ils partent pour le secteur de Saint Roch.

****

Arrivés devant le bâtiment, ils s'organisent. Deux d'entre eux entrent, les deux autres restent en bas, au cas où.

Le duo d'enquêteurs montent jusqu'à l'appartement, ils sonnent et attendent une réponse. Cette dernière tarde, Titi sonne à nouveau, toujours rien. Il continue jusqu'au moment où une voix d'homme se fait entendre.

« C'est bon ! J'arrive, merde ! C'est pas une heure pour venir chez les gens ! »

La porte s'entrouvre et le visage de Miguel Santos apparaît dans l'interstice. A la vue des deux policiers, il lève les yeux au ciel, agacé. Il ouvre la porte en grand et leur fait signe d'entrer.

— Et je peux quoi pour vous, cette fois-ci ?

Les deux agents entrent et Titi lui explique la situation.

— Suite aux nouveaux éléments, nous avons à vous parler ! Nous vous prions de nous suivre au poste !

Étrangement, l'homme coopère et suit les deux agents sans broncher. Ils prennent l'ascenseur et quittent le bâtiment. Le trio rejoint les autres policiers, prennent la voiture et repartent pour le commissariat.

****

Pour Miguel Santos, c'est direction la salle d'interrogatoire numéro deux. Caroline et Titi, eux, prennent le temps de déposer leurs affaires avant de récupérer le dossier puis de rejoindre leur suspect.

Les questions débutent d'entrée. Les enquêteurs ont besoin de réponses et vite ! Comme à son habitude, Titi prend l'interrogatoire en main.

— Connaissez-vous Madame Maria Sanchez ?

— Bien sûr, c'est ma belle-sœur ! Pourquoi ?

— Êtes-vous au courant des opérations qu'elle a subies il y a huit ans ?

— Oui… Un désastre ! Elle s'est faite charcutée par un soi-disant chirurgien ! Un boucher, oui ! Mais pourquoi vous me demandez tout ça ?!

— Vous n'êtes pas au courant ? Le chirurgien, André Gérard… Votre « boucher », a été retrouvé hier matin ! Éventré !

— Quoi ?! Vous vous foutez moi ?! Ce salopard a passé l'arme à gauche ?!

Un sourire fait son apparition puis M. Santos rit en silence.

— Le boucher s'est fait charcuté ! Sortez le champagne, faut qu'on fête ça !

Titi prend le dossier dans ses mains puis le pose bruyamment sur la table.

— Ça suffit !

Il pointe son index vers l'homme qui s'est calmé.

— Un homme est mort ! Et vous, vous allez avoir des problèmes ! C'est déjà la deuxième fois que votre nom ressort depuis le début de l'enquête !

— Pure coïncidence… Je n'ai rien à voir avec vos histoires !

— Nos histoires ?! Des gens sont morts ! On les a tués ! Et vous, vous êtes notre meilleur suspect alors va falloir nous parler ! Tout nous expliquer !

Le policier ouvre le dossier et en sort des documents. Il les étale devant M. Santos.

— Connaissiez-vous personnellement M. André Gérard ?

— Personnellement est un grand mot ! Mais oui, je le connaissais ! J'ai aidé ma belle-sœur face à cet enfoiré !

— Que voulez-vous dire par « aidé » ?

— Elle a voulu se retourner contre ce boucher mais l'hôpital a tout fait pour faire taire l'affaire ! J'ai donc agi, j'ai créé un mouvement contre l'hôpital !

— Un mouvement ?

— Oui, j'ai recherché d'autres victimes de ce chirurgien et j'ai monté un dossier… On a pris un avocat et on a porté plainte !

— Et après ? Que s'est-il passé ?

— Ça n'a pas été plus loin… La plupart des victimes ont reçu un dédommagement… Et lui, il a continué d'exercer comme si de rien n'était !

— Ça a dû vous mettre en colère… Et donc, vous êtes passé à l'acte ! Vous l'avez tué !

— Pas du tout ! J'ai continué à chercher des victimes de ce boucher pour étoffer le dossier de plaintes !

— Okayyy… Que faisiez-vous mercredi matin entre 7h et 8h ?

— J'étais chez une amie… Je l'ai accompagné jusqu'à Épinal ! Elle était convoquée au tribunal à 9h… Elle est juré et comme elle a pas le permis, j'ai fait le chauffeur…

— Et nous pouvons connaître son nom ? Pour vérifier votre alibi !

— Oui, bien sûr ! Amandine Leclerc… J'ai son numéro dans mon portable si besoin !

Il cherche son téléphone dans la poche de sa veste et le tend vers Caroline. Elle le prend et regarde dans les contacts, elle trouve une Amandine, tourne le téléphone vers Miguel Santos qui lui confirme qu'il s'agit du bon numéro. Elle le note sur un papier.

Les deux agents quittent la salle et repartent à leur bureau. Titi semble troublé et il explique à Caroline qu'il ne sait plus. Pour lui, les éléments font penser qu'il s'agit bien de leur homme mais après leur discussion, il n'en est plus sûr du tout. La policière passe le coup de fil, tombe sur Amandine Leclerc qui confirme l'alibi du suspect…

Retour à la case départ… Encore une fois ! Une fois de trop ! Je vais finir par craquer ! On peut lier ce type à deux meurtres mais impossible de l'inculper ! Faute de preuves….

Suite à cela, ils sont dans l'obligation de relâcher M. Santos. Avant de prendre congé, il se tourne vers les deux enquêteurs et, avec un sourire narquois, leur annonce qu'il ne va pas en rester là : deux interrogatoires alors qu'ils n'ont pas de preuves, les journalistes ont le droit de connaître l'incompétence de la police déodatienne !

Malheureusement, pour Caroline et Titi, leur chef a tout entendu et ils sont convoqués dans son bureau. Il va falloir prendre des mesures et, surtout, arrêter d'agir avant d'avoir plus de preuves.

Il est clair que nous manquons d'expériences ! Titi est expérimenté mais plutôt dans les trafics et les petites frappes… Moi, n'en parlons pas ! Je suis une bleue… Alors stopper les actes d'un tueur en série…

****

Le lendemain, rien ne va. Miguel Santos a réalisé ses menaces, il est en une de Vosges Matin. Et la police est descendue en flèche…

Lorsque Caroline arrive au poste, une réunion d'urgence a lieu. En plus de l'équipe menant l'enquête, le commissaire Marchal et le préfet sont là aussi. Un plan pour redorer le blason de la police doit être mis en place et vite ; le temps est compté !

Il est donc décidé d'une conférence de presse en urgence pour parler de l'avancée de l'enquête. Le préfet et le commissaire s'en chargeront. L'équipe d'investigation se verra aussi agrandie, il faut mettre tous les moyens de leur côté pour trouver le coupable !

Le reste de la journée se déroule comme toutes les autres, la liste des suspects potentiels est reprise et chaque alibi est vérifié. Au fur et à mesure, la liste diminue jusqu'à tomber à zéro suspect… Toutes les pistes sont suivies mais aucune n'aboutit.

****

Pendant ce temps, la conférence a lieu dans l'après-midi à l'espace François Mitterrand.

Le préfet fait tout pour rassurer la population tandis que le commissaire explique que l'enquête est délicate, que le tueur prend énormément de précaution d'où le peu d'indices retrouvés sur les lieux des crimes. De plus, les analyses prennent du temps, ralentissant le travail des enquêteurs en charge de l'affaire.

Les deux hommes répondent aux différentes questions des journalistes. Tout semble bien se passer et la conférence se termine sans mal. Les reporters quittent le centre, leurs carnets remplis de réponses.

Le préfet est satisfait mais, malgré cette fierté d'avoir fait correctement son travail, il prévient le commissaire qu'ils n'ont plus le droit à l'erreur. Il va falloir résoudre l'affaire au plus vite !

****

De retour au commissariat, Pierre Marchal réunit à nouveau l'équipe pour connaître l'avancée. Titi prend la parole et lui explique le manque de résultat flagrant. Le débriefing aboutit à une pression supplémentaire : comment résoudre une enquête qui reste au point mort ?

Rien ne va ! Vraiment rien ! L'enquête n'avance pas ! Elle ne l'a jamais fait d'ailleurs ! Comment voulez-vous que les gens ne nous prennent pas pour des incapables ? Nous sommes mauvais… Et nous le savons !

L'équipe décide de reprendre depuis le début tout le dossier. Ils sont peut-être passés à côté d'un détail. Il faut absolument trouver un nouvel élément pour redémarrer l'enquête. Il en va de l'honneur de la police.

Lorsque Caroline quitte les bureaux pour rentrer chez elle, la policière est vidée. L'enquête n'a pas décanté, le stress est encore plus grand et le mental de la jeune femme est au plus bas…

Je n'ai même plus hâte de voir le jour se lever… Ce semblant d'enquête m'épuise… Le tueur court toujours… Et nous, on reste planté là, incapables de l'arrêter !

IX

1er septembre, les promesses du procureur n'ont pas pu être tenues... L'enquête n'a pas avancée depuis août... Plus personne ne fait confiance à la police... Et ça ne va pas aller en s'améliorant !

Un nouveau cadavre a été découvert sur un parking, près d'un restaurant, ou plutôt de restes calcinés, dans le patelin voisin, Sainte Marguerite. Le légiste est déjà sur place, il n'a pas grand-chose à faire vu l'état du corps… Complètement carbonisé. Il est impossible de connaître l'identité du mort ni l'heure du décès. Il faudra attendre l'autopsie.

Il emmène rapidement le corps. La priorité, ce jour, est d'obtenir un maximum d'informations.

Les policiers commencent l'enquête, ils récupèrent les témoignages et la carte de Gabriel. Mais ils font tout pour éviter les journalistes. Élodie Duffoin, encore elle, tente malgré tout de savoir ce que la police prévoit. Titi, pris de cours, lui lance qu'une conférence de presse aura lieu le moment venu.

Caroline regarde attentivement les lieux et remarque les ruines du restaurant juste à côté. Elle obtient des infos par la journaliste.

— Il a brûlé ! En début d'année… En pleine nuit ! Depuis il est resté comme ça ! Il y a des doutes sur l'origine de l'incendie et l'assureur n'a toujours pas débloqué l'argent ! Des rumeurs courent d'ailleurs à ce sujet… On raconte que le propriétaire aurait mis lui-même le feu pour toucher l'argent de l'assurance…

Soudain, les yeux de Caroline s'illuminent.

Et si notre victime était ce fameux proprio ?!

Elle remercie, timidement, Melle Duffoin et rejoint son collègue. Elle lui parle de son idée, il reste silencieux, pensif puis redresse la tête vers Caroline. Il lui sourit.

— Super supposition, Caro ! Une arnaque par le feu ne peut donner, comme résultat, l'origine de l'arnaque cramée !

Elle lui sourit, les joues légèrement rosies. Pour la deuxième fois, il l'avait appelé par son diminutif… Cette enquête interminable les rapprochait…

Avec cette piste, ils conviennent de commencer leurs recherches sur ce fameux propriétaire. Pour les aider à aller plus vite, ils demandent à la journaliste de leur donner toutes les informations du journal à propos de cette affaire. Elle accepte mais à une condition, être prioritaire sur ses concurrents, elle souhaite l'exclusivité… Les deux agents ne peuvent lui garantir tout de suite, ils doivent d'abord en parler avec leur supérieur.

Elle leur laisse sa carte de visite et quitte la scène du crime. Les enquêteurs font de même. Ils repartent à leur bureau.

****

Arrivés au commissariat, ils passent rapidement chez le commissaire Marchal pour lui parler d'Élodie Duffoin et de la petite bourde de Titi à propos d'une future conférence.

Malgré leurs appréhensions, il reste calme et accepte tout. Il prendra contact avec le préfet et le maire pour l'organisation. Le duo le laisse passer ses coups de fil. Ils vont jusqu'à leurs bureaux.

Caroline est en charge de reprendre contact avec la reporter pour lui confirmer l'exclusivité de l'enquête et lui demander l'envoi du dossier sur l'incendie de la pizzeria.

En attendant, ils débutent leurs recherches sur le propriétaire. Armando Del Pierro, 48 ans, à première vue, est un patron comme les autres. Sans histoire, il possède un restaurant qui fait pizzeria, il a brûlé dans un incendie en pleine nuit, il y a plus de six mois et M. Del Pierro attend que l'argent de l'assurance se débloque pour le reconstruire…

Une fois son numéro de téléphone récupéré, ils appellent mais personne ne répond. Suite à cela, ils partent chez Armando Del Pierro pour vérifier sa présence et en profiter pour mener une enquête de voisinages.

****

Arrivés dans le secteur de La Bolle, ils se garent devant une belle maison rue d'Épinal. Caroline ouvre de grands yeux en regardant la bâtisse.

Ils sortent de la voiture et s'arrêtent devant le portail. Ils sonnent… Aucune réponse. Ils entrent dans la cour, font le tour en prenant le temps de vérifier s'il y a de la vie à l'intérieur. Après la vérification, Caroline et Titi retournent sur le trottoir devant la maison et regardent tout autour d'eux, aucune âme qui vive à l'extérieur. Le policier lève le poignet, montrant sa montre, et fait remarquer à sa collègue que, vu l'heure, ils n'auront pas beaucoup de réponse.

Ils prennent, tout de même, le temps de faire le tour du quartier. Ils sonnent à chaque maison, laissant un mot avec une carte de visite dans les boîtes aux lettres lorsqu'ils n'ont pas de réponse. Les maisons s'enchaînent sans aucun résultat.

Alors qu'ils retournent à leur voiture, Caroline sent un regard et remarque qu'une vieille dame les fixe depuis sa fenêtre fermée. Elle fait signe à Titi, le duo, amusé par la méfiance de la femme, s'approche de la maison et sonne à nouveau. La vieille femme disparaît de sa fenêtre. Les policiers attendent quand, soudain, elle entrouvre, enfin, la porte. L'agent de police lui montre son insigne et lui explique leur venue dans le quartier. Elle les fait entrer.

Elle leur fait signe de s'asseoir sur le canapé, dans le salon, et leur propose un café. Titi accepte volontiers tandis que sa collègue refuse poliment. La dame revient avec le café et des petits gâteaux secs. Elle sert une tasse au policier et s'installe à son tour avant de leur parler de son voisin.

— Del Pierro… Un homme étrange ! Il ne parle jamais à personne du quartier ! Toujours en train de courir partout ! Je lui ai dit à Mme Clément, ce type n'est pas comme nous ! J'en suis sûre, c'est un bandit, un mafieux…

— Et qu'est-ce qui vous fait penser cela, Madame ?

— Tout en lui respire le mauvais ! Il peut partir des jours et puis revenir du jour au lendemain, comme ça ! Je ne lui fais absolument pas confiance ! Mais, au fait, vous le cherchez pour quoi ? Il a fait des choses pas très légales ?!

— Non, non, pas du tout ! Il s'agit juste d'une enquête de routine ! Nous essayons de le joindre depuis ce matin sans résultat… Pourriez-vous nous dire quand vous l'avez vu pour la dernière fois ?

— Eh bien… Je dirais hier en fin d'après-midi ! Il est rentré chez lui et est reparti dix minutes après ! Il avait l'air encore plus nerveux que d'habitude !

Caroline donne un rapide coup d'œil vers son équipier. Il finit son café avant de prendre congé de la dame.

Ils rejoignent leur voiture et quittent le quartier. Il est temps de retourner au commissariat.

****

De retour au bureau, ils réunissent l'équipe en charge de l'affaire pour faire un point. Ils ont reçu le dossier d'Élodie Duffoin et le premier rapport du médecin légiste.

L'identification du corps est encore en cours, le légiste attend le dossier dentaire du restaurateur pour faire une comparaison. Sinon, la mort est bien due à son incinération, il est mort entre 3 et 4 heures du matin. Par contre, vu l'état des lieux où le corps a été retrouvé, la victime n'a pas pu brûler là.

Une nouvelle piste se dessine, il faut retrouver le vrai lieu du crime. Le rapport explique la découverte de résidus en cours d'analyse qui pourront aider. En attendant les résultats, les policiers vont s'atteler au dossier de la reporter sur l'incendie du restaurant.

Chacun s'occupe d'une partie précise de l'enquête journalistique. Il faut reprendre les informations sur l'assurance, le contrat, le restaurateur, les témoins de l'époque, les employés,…

Pour la première fois depuis longtemps, Caroline se sent bien. Ce nouveau crime semble vouloir leur apporter une bouffée d'air, l'enquête bouge enfin.

Se pourrait-il que le meurtrier est, enfin, fait une erreur ? Allons-nous arrêter ses meurtres, ses atrocités ? Je l'espère... Pouvoir dire aux déodatiens que nous sommes là, toujours à l'action... Être leur sauveur me donne du baume au corps ! Est-ce ça ? La satisfaction d'avoir fait de notre mieux ?...

Tous motivés, la pause déjeuner se fait rapidement. Des sandwiches sont distribués à chaque membre de l'équipe pour ne pas arrêter les recherches.

Le dossier d'Élodie Duffoin est épluché de part en part. Le moindre détail suspect est noté et une liste de noms se crée au fur et à mesure. Mais ce qui intéresse les enquêteurs, est, en particulier, un collectif du nom Les Ailes de Michaël.

Ce collectif a pour but de révéler et amener devant la justice des personnes coupables d'actes frauduleux... Les Ailes de Michaël, du nom de l'ange de la justice. Le penchant lumineux de l'ange Gabriel.

L'enquête de la journaliste était basée sur les dires et les informations recueillis par ce collectif. Caroline et Titi remarquent un nom au milieu de tous ceux cités : Miguel Santos.

Encore une fois, cet homme est en lien avec une des victimes du « Justicier »... Coïncidence ? Non... À ce stade, c'est impossible que ça en soit une !

Au vu de la dernière fois où M. Santos a été entendu, le duo prend le temps d'en référer à leur supérieur. Il est décidé de continuer à approfondir les recherches sur le collectif et de convoquer le suspect en tant que témoin.

Durant la réunion, Caroline se demande s'il ne serait pas utile de chercher aussi un lien entre Miguel Santos et les deux premières victimes, Pierre Angelo et Henry Dupré. Trouver un quelconque lien pourrait apporter du poids lors de l'interrogatoire du suspect.

Le travail est partagé : Titi, accompagné de deux autres agents, part pour l'appartement de M. Santos pour le convoquer au commissariat, Caroline, avec le reste de l'équipe, reprennent en main les dossiers des deux premiers meurtres.

Il va falloir jouer serrer, trouver un maximum de liens et de preuves est la priorité pour pouvoir mettre en garde à vue leur homme !

Titi revient bredouille, Miguel Santos n'était pas chez lui. Ils ont laissé la convocation pour le lendemain, dans sa boîte aux lettres.

De son côté, Caroline a découvert que le collectif avait monté un dossier contre le chef de rayon, la deuxième victime, après l'intoxication massive. Par contre, pour la première victime, rien ne la lie au suspect… Il faudra approfondir.

En fin d'après-midi, ils reçoivent la confirmation du médecin légiste. La victime est bien Armando Del Pierro. Pour le reste, il faudra attendre encore un peu, l'analyse des échantillons retrouvés sur le corps prend du temps.

Le groupe d'enquêteur a hâte de recevoir les résultats : ils pourront partir en quête du vrai lieu du crime. Et, avec un peu de chance, ils pourront y trouver de nouveaux indices.

En attendant, ils préparent l'interrogatoire de demain. Cette fois-ci, Miguel Santos ne doit pas repartir sans s'être expliqué, sans avoir prouvé son innocence ! Lui qui se retrouve lié à pratiquement tous les meurtres !

Nous y sommes presque, nous touchons au but, je le sens ! Nous allons bientôt arrêter le coupable ! Ses heures sont comptées !

N'ayant rien d'autres, les policiers décident, d'un commun accord, de s'arrêter là pour aujourd'hui. Titi amène son rapport au commissaire Marchal qui fait le lien entre la police, le préfet et Élodie Duffoin.

Une fois cela fait, il refait, une dernière fois, le point avec son équipe. Ils rentrent, tous, chez eux pour un repos bien mérité.

Dès que je suis arrivée, j'appelle Marc ! Cette avancée m'a mise de bonne humeur ! J'ai envie d'entendre sa voix, de lui parler ! Il doit savoir que ma déprime est loin derrière moi maintenant !

X

Je me suis réveillée heureuse ! Ça faisait longtemps que ça ne m'était pas arrivé... Depuis mon arrivée ici, en fait... Cette bonne humeur vient du fait que je le sais ! Aujourd'hui, se finit l'enquête ! Aujourd'hui, notre tueur sera arrêté !

Comme souvent depuis son arrivée en Déodatie, Caroline arrive tôt au bureau. Et comme à chaque fois, elle se retrouve seule mais, cela ne la gêne pas. La tranquillité ambiante la repose et elle sait qu'elle disparaitra dès l'arrivée de Titi.

Et, comme à son habitude, elle sort un roman policier et se plonge dedans, en attendant ses collègues.

La journée sera simple... Ce matin, on reçoit M. Santos ! Et, aujourd'hui, on fera tout pour pas le lâcher ! Ce soir, il dormira en prison !

Titi débarque à son tour au commissariat. Il prend le temps de charrier son équipière, un pur cliché selon lui : une femme-flic aimant les histoires policières...

— C'est quoi ton kif : les énigmes ou les morts ? Parce que là, être coincé dans une affaire comme la nôtre et lire des romans policiers, t'es maso, ma belle !

Gênée, Caroline dépose son marque page, ferme le livre et le range dans son sac.

Le reste de l'équipe arrive à son tour et le sérieux prend place. Ils refont un point sur l'enquête. Miguel Santos est convoqué pour 10h. Toujours pas de nouvelles du légiste, il faudra faire avec les éléments déjà en leur possession.

Le temps passe rapidement et le suspect arrive, serein, comme toujours, au commissariat.

Mais, pour une fois, les choses se passent différemment. Convoqué comme témoin et non suspect, l'homme s'installe au bureau de Titi. Il s'assoit sur le côté du bureau, pose ses bras dessus et croise les mains, un sourire en coin.

Il n'y a pas à dire ! Ce type m'agace ! Il m'énerve avec son air hautain !

Titi prend tout son temps avant de commencer. Puis les questions s'enchaînent.

— Vous faites partie d'un collectif, c'est ça ?

— Oui, Les Ailes de Michaël ! L'ange de la justice !

— Ouais, ouais, celui qui juge et décide qui est coupable ou pas ! On sait…

— Et donc, aujourd'hui, c'est pour mon affiliation à ce collectif que vous m'interrogez ?!

— On ne vous interroge pas, Monsieur ! On veut juste des informations sur le lien entre ce collectif et Armando Del Pierro !

— Del Pierro… Le restaurateur ?!

— Oui, il a été retrouvé mort hier matin ! À côté de son restaurant… Enfin ce qu'il en reste !

— Non ?! Le mort d'hier, c'était lui ?! Merde alors ! Ah ah ah ! La justice a encore frappé, on dirait !

Il fait un clin d'œil vers Caroline, choquée par une telle réaction face à la mort de quelqu'un. Titi, agacé, frappe la paume de sa main sur le bureau.

— Il n'y a rien de drôle !

L'homme sursaute légèrement puis reprend son air arrogant. Il sait que son comportement énerve les deux policiers.

— Me dites pas que ça vous a pas fait marrer ! Un mec qui crame son restaurant pour de l'argent et qui finit carboniser !

— Ça suffit ! On est pas là pour vous entendre rire de la mort d'un homme ! Vous êtes convoqué pour nous parler de votre lien avec les différentes victimes !

— Mon lien ? Les différentes victimes ? Attendez là ! Vous êtes en train de me dire que je suis encore suspect dans votre histoire ?!

Titi lance un regard vers son équipière, un appel au secours face à la boulette qu'il vient de faire. Caroline tente alors de mettre les choses au clair.

— Non, non, vous êtes ici pour témoigner ! Écoutez, suite à l'enquête, nous avons pu remarquer qu'excepté la première victime, vous avez un contact avec toutes… Que ce soit personnellement, indirectement… Via votre belle-sœur, le collectif,… Il se pourrait que, sans le savoir, vous soyez lié au tueur !

— Ah ouais… Vous êtes en train de me dire que je connaîtrais le tueur maintenant… C'est nouveau ça ! Et la prochaine fois, ça sera quoi ? Je suis une victime potentielle ?! Arrêtez de me faire marrer avec vos trucs !

Il fait un geste de la main, signe de son agacement. Titi reprend les choses en main.

— Vous inquiétez pas ! Si vous devenez une victime possible, on vous laissera tranquille ! On interviendra que si c'est nécessaire… Pour récupérer le corps…

Il sourit et donne un coup d'œil vers Caroline qui jubile aussi.

— Enfin, bref ! Revenons à notre affaire ! Depuis combien de temps faites-vous partie du collectif Les Ailes de Michaël ?

— Depuis sa création ! On a eu l'idée à force de voir de pauvres gens pâtir d'arnaques ! Vous imaginez pas le nombre de personnes qui souffrent et qui sont au bord du suicide à cause de connards qui ne pensent qu'au fric !

— Détrompez-vous ! On en voit passer beaucoup ici… Et sinon, est-ce qu'un autre membre du collectif est au courant des soucis de votre belle-sœur avec le docteur Gérard ?

— Bien sûr ! On était en train de monter un dossier !

— Okay… Vous pourriez nous donner les noms des membres qui sont en lien avec nos victimes : Pierre Angelo, Henry Dupré, Alexandra Renard, André Gérard et Armando Del Pierro ?

— Euh… Là comme ça, non mais je peux voir ça !

Les questions continuent, Caroline prend des notes tout en surveillant ses mails. Elle attend désespérément la réception des résultats d'analyse. Et, alors que la discussion entre les deux hommes se termine, le mail tant attendu arrive enfin !

Elle l'ouvre, le lit et prend la parole.

— Excusez-moi, M. Santos, une dernière chose, savez-vous si un des membres du collectif, ou vous-même, êtes allé du côté des Trois Fauteuils ?

— Les Trois Fauteuils ?! Pourquoi ?

— Il s'agit juste d'une question de routine !

— Moi non, les autres, je sais pas…

N'ayant plus de questions, ils le laissent prendre congé. Mais, ils lui indiquent qu'ils pourront avoir d'autres questions par la suite. Miguel Santos, plus calme, prend une des cartes de visite de Titi avant de partir. Dès qu'il aura toutes les informations demandées, il leur enverra par mail.

Sans preuves tangibles et incriminantes, le principal suspect est relâché…

Il nous a encore filés entre les doigts ! Comment faire pour le stopper sans preuve ?

Titi prend le temps de lire le mail du médecin légiste. Au vu des résultats, les particules retrouvées, bois, terre, herbe et excréments,…, sur le cadavre proviennent du secteur des Trois

Fauteuils. Une équipe est dépêchée dans la foulée. Il faut quadriller le secteur pour trouver la zone du meurtre.

****

Sur le lieu potentiel du crime, les policiers se divisent en petits groupes. Tandis que la plupart partent aux Trois Fauteuil pour ratisser la zone, une équipe part pour l'aire de repos.

Caroline, accompagnée de son équipier, découvre ce lieu forestier, propice aux pique-niques. Elle se dit, même, qu'elle pourrait y amener son petit ami la prochaine fois qu'il sera dans les Vosges.

Quelle tranquillité... Seuls la forêt et ses habitants nous entourent...

Ils commencent à fouiller minutieusement les lieux. A chaque élément inhabituel, ils prennent une photo, le ramassent pour le mettre sous scellé. La zone est vaste, il n'y a pas de temps à perdre s'ils veulent la quadriller en cette après-midi fraîche et couverte.

Les minutes s'écoulent, puis, alors que cela fait pratiquement une heure que les policiers sont sur place, le vrai lieu du meurtre est découvert. L'endroit est calciné sur presque deux mètres de long et sur plus d'un mètre de large, des traces de pas un peu partout autour. Après cette découverte et avoir pris quelques photos, les agents laissent la place à leurs collègues de la scientifique, venus en renfort depuis le mois d'août.

Caroline et Titi, en retournant à leur voiture, prennent le temps de prendre toutes les plaques des voitures garées et vérifient les noms des propriétaires.

Si Armando Del Pierro est venu jusque-là, il a dû prendre un véhicule. N'ayant pas pensé à chercher le modèle de voiture qu'il possède auparavant, les enquêteurs la cherchent à partir des immatriculations. Après quatre, cinq véhicules, ils trouvent celui de la victime.

Il s'agit d'une Mercédès GLC coupé, une voiture peu visible sur le secteur déodatien. La voiture est fermée à clef, impossible de l'ouvrir. Ils font appel à un remorqueur pour l'emmener au commissariat. Eux, par contre, devront rester encore un peu aux Trois Fauteuils. Les clefs de la voiture n'ont pas été retrouvées sur le corps de la victime et si le véhicule est fermé, cela signifie que l'homme avait ses clefs sur lui.

Le groupe d'agents refait donc le trajet inverse, jusqu'au lieu du meurtre. S'ils ne retrouvent pas les clefs, cela pourrait signifier que le meurtrier les a prises.

Ils prennent aussi le temps de ratisser à nouveau la zone mais rien, aucune clef. Se pourrait-il que le tueur est, cette fois-ci, pris un trophée ? Ou alors, le fait-il depuis le début ?

Cette nouvelle information peut avoir son importance : s'il prend des trophées, il faut trouver quels objets ont été pris sur les autres victimes. Et, surtout, retrouver les trophées pourraient permettre de confronter le criminel, ils deviendront des preuves irréfutables.

L'équipe prend la décision de repartir au bureau et reprendre chaque dossier, chaque liste des objets trouvés sur les victimes pour tenter de trouver quelque chose d'illogique.

S'il prend réellement des trophées, cela pourrait changer la donne ! Le profil du tueur pourrait être plus précis… Cette journée est vraiment un bon jour !

****

De retour à l'hôtel de police, ils se divisent le travail. Chacun reprend un dossier et le lit attentivement, en se concentrant sur la liste des objets trouvées sur chaque mort.

Titi a le droit à la première victime et Caroline, la troisième. Ils vérifient tous les éléments minutieusement, il ne faut surtout rien louper d'étrange. La policière note tous les éléments en possession d'Alexandra Renard : carte d'identité, les différentes cartes de fidélité, la marque et le modèle de voiture, la carte de club sportif, le téléphone portable,…, puis prend le listing des objets trouvés près ou sur le cadavre. Elle barre au fur et à mesure, et, à la fin, un objet reste non barré : sa carte d'abonnée à la piscine Aquanova manque à l'appel !

Elle n'a été retrouvée nulle part ; selon le rapport, un emplacement était vide dans le portefeuille de la victime comme s'il manquait une carte.

Elle se lève et note l'objet sur le tableau servant pour l'enquête. « 3ème victime, Alexandra Renard → Carte abonné piscine ». Titi la regarde faire puis, à son tour, note l'information qu'il a trouvé : « 1ère victime, Pierre Angelo → Téléphone portable ».

Au fur et à mesure, la liste s'allonge. Et, pour toutes les victimes, un objet de leur vie manque à l'appel.

« 1ère victime, Pierre Angelo → Téléphone portable
2ème victime, Henry Dupré → Carte Malin
3ème victime, Alexandra Renard → Carte abonné piscine
4ème victime, André Gérard → Montre rolex
5ème victime, Armando Del Pierro → Clefs de voiture »

Il est maintenant clair que le tueur prend des trophées sur ses victimes. Titi appelle la psychologue qui les avait aidé à réaliser le portrait du meurtrier, Mme Delgado. Il lui explique l'avancée de l'enquête et les nouveaux éléments découverts sur le comportement de l'assassin, elle écoute attentivement puis lui propose de réaliser un nouveau portrait psychologique. Elle lui enverra le tout par mail dès qu'elle aura fini.

Vu l'heure avancée de la journée, il est temps pour tout le monde de prendre du repos. Ils se saluent, laissant Titi seul. Il prend le temps de faire un rapport au chef, l'enquête a bien avancé aujourd'hui.

****

Rentrée chez elle, Caroline, pour la première fois depuis longtemps, se sent légère. L'enquête va bon train.

D'humeur joyeuse, elle prend même le temps de se cuisiner un risotto maison. Après le repas, elle prend un bain pour se détendre encore plus, avant de se connecter sur Facebook.

Elle commente, partage à tout va. Pour une fois que l'envie et le temps sont de mise, elle en profite pour jouer à quelques applications, elle tente désespérément de se débloquer dans Candy Crush… Mais jouant rarement, elle manque d'expérience et de logique pour réussir.

Lorsque Marc se connecte dans la soirée, elle lâche les jeux pour lui parler en message privé. Elle lui explique l'avancée de l'enquête, son ressenti et son enthousiasme. La conversation dure quelques heures, puis, vers une heure du matin, ils se quittent.

Caroline éteint son ordinateur, le pose sur la table et part se coucher. Malgré son excitation, le sommeil vient quand même et très vite, la jeune femme tombe dans les bras de Morphée.

Oui, j'en sûre, nous touchons au but ! Bientôt Saint Dié retrouvera sa tranquillité…

XI

L'enquête a continué d'avancer... Et le mois d'octobre est vite arrivé ! Les traces de pas retrouvées dans la forêt nous ont permis de savoir que le meurtrier chausse du 42... La même pointure que Miguel Santos... Et en ce lundi 16 octobre, il a encore frappé...

Ce matin, Titi est directement venu chercher Caroline à son appartement. Ils doivent rejoindre le médecin légiste à Taintrux. Pour la deuxième fois depuis le début de l'enquête, le meurtrier a tué en dehors de Saint Dié.

La jeune policière découvre un nouveau lieu du secteur déodatien. La voiture se dirige vers la mairie où le corps du Maire a été retrouvé. Monique Pastel, secrétaire du Maire, a découvert le corps inerte, attaché à la porte d'entrée. Sous le choc, elle s'est effondrée et n'a pas pu appeler la police tout de suite.

Lorsque la voiture des enquêteurs se gare, les pompiers sont encore là. Ils tentent de la calmer et la réconforter. Les policiers sortent du véhicule et retrouvent le légiste. Il a pratiquement fini, la victime n'est autre que le Maire, Antoine Peregrin. Il a été émasculé puis attaché à la porte du bâtiment. L'information a vite circulé et de nombreux curieux se sont accumulés sur le lieu du crime.

Avant de partir avec le corps, le médecin légiste leur fait remarquer qu'au vue de l'état du corps, il devrait y avoir plus de sang. Les agents en concluent donc qu'une nouvelle fois, le meurtre n'a pas eu lieu au même endroit où le corps a été retrouvé.

Caroline et Titi prennent le temps de poser quelques questions à Mme Pastel tandis que le reste de l'équipe récupère les quelques indices disséminés sur la scène du crime et les témoignages des membres de l'équipe municipale.

A première vue, il était un homme et un maire idéal… Mais les policiers le savent : si le « justicier » l'a tué, il avait forcément un vice, une vie cachée ! Titi propose alors à sa collègue d'aller directement chez M. Peregrin pour effectuer une fouille et récupérer tout ce qui leur permettra d'avancer.

****

Chez M. le Maire, les enquêteurs découvrent une maison avec un jardin bien entretenu. La Maison possède un rez-de-chaussée et un étage.

L'homme habitait seul, jamais marié. Des rumeurs circulaient selon lesquelles il était gay. Mais ces fausses accusations avaient été réfutées par M. Peregrin qui avait expliqué que son célibat venait tout simplement du fait que pendant longtemps, il avait hésité entre sa vie actuelle et entrer dans les ordres. Cela faisait plus de vingt ans qu'il était maire et, avant cela, il avait été instituteur à l'école de Taintrux.

N'ayant pas retrouvé les clefs de la maison sur le cadavre, peut-être prises par le tueur, les policiers font d'abord un premier tour à l'extérieur, puis forcent la serrure de la porte d'entrée.

La fouille débute dans le hall d'entrée et les pièces du rez-de-chaussée : le salon, la salle à manger, la cuisine et le bureau. Ils prennent le temps de récupérer l'ordinateur portable bloqué par un mot de passe. Les étagères du bureau sont remplies de livres sur l'économie, l'écologie ou encore l'art ; au milieu de tout cela, Caroline remarque un livre sur l'enfance, Au Cœur des Émotions de l'Enfant d'Isabelle Filliozat. Elle le prend et commence à le feuilleter.

Titi donne un regard interrogateur vers son équipière. Elle lui montre le livre.

— Étrange pour un homme célibataire sans enfant…

— En effet ! Et y'a autres choses ?

Caroline vérifie mais non, il n'y a rien d'autres que ce livre…

Ils passent à l'étage et commencent à fouiller la chambre de la victime. Puis ils passent à la chambre d'ami et finissent par la salle de bain. Mais aucun d'eux ne s'attendait à découvrir une telle horreur.

La salle de bain est couverte de sang. Des traces sur les murs, la baignoire est remplie de sang, certainement celui de la victime. Et au milieu, une masse sombre : ils ont retrouvé les attributs masculins du maire.

Caroline a un haut le cœur et quitte la salle de bain. Elle s'écroule dans le couloir. Titi appelle la scientifique avant de rejoindre sa co-équipière.

— Ça va ?

— Faudra bien…

— C'est impressionnant le contraste… Le reste de la maison semble normal alors que là, y'a eu un carnage !

Il regarde tout autour de lui. Caroline fait de même.

Qui aurait pu penser à une telle horreur ?!

L'équipe scientifique arrive quelques minutes après. Le duo les laisse agir et retourne au commissariat.

****

À l'Hôtel de Police, un premier débriefing a lieu. On met sur tableau toutes les informations connues : la victime, la cause de la mort, le vrai lieu du crime, les clefs manquantes. On y ajoute les éléments en cours d'analyse.

En attendant que l'ordinateur parle, l'équipe va tenter de trouver un lien entre la nouvelle victime, Antoine Peregrin, et Miguel Santos. Si un lien existe, ce sera un élément supplémentaire pour inculper le fervent défenseur des causes perdues. Mais les recherches sont infructueuses…

La pause déjeuner approche à grands pas, Titi propose au reste de l'équipe d'aller manger au restaurant chinois juste à côté. De toute façon, sans les rapports à venir, l'enquête ne peut pas avancer davantage. Autant en profiter pour se restaurer et se reposer un peu.

Une fois les estomacs bien remplis, le groupe retourne au bureau.

A leur retour, une bonne nouvelle est arrivée : l'ordinateur a été cracké et l'informaticien est déjà en train d'analyser tous les documents, boîte mail,…

Caroline et Titi le rejoignent, impatients de découvrir les secrets du maire de Taintrux. Lorsqu'ils arrivent, l'agent est fier de leur montrer un dossier secret. Mais ce dernier est bloqué par un mot de passe qu'il va falloir cracker aussi. Cela lui prend quelques minutes, et la surprise est de taille.

Le dossier renferme des photos et des vidéos mettant en scène des enfants et des hommes d'âge mûr. Les enquêteurs n'en reviennent pas: M. Peregrin, le saint homme de Taintrux, était pédophile. Mais ce n'est pas tout, les agents remarquent qu'il est possible d'identifier les hommes sur les photos et les vidéos. De plus, la victime possédait une adresse mail cachée. Cette dernière servait pour arranger des «rencontres»...

Caroline, choquée, se tourne vers son collègue.

— Ce type était à la tête d'un réseau!

— Ouais, un gros pervers ce sacrosaint des saints!

L'enquête se développe. Il va falloir identifier les individus sur les photos et prendre contact avec chaque.

Pour la première fois, un meurtre mettait en lumière des atrocités! Notre priorité, aujourd'hui, n'était plus d'arrêter un tueur mais des pervers...

Suite à cela, un nouveau débriefing a lieu. Le commissaire prend la décision de mettre une nouvelle équipe sur l'affaire du réseau pédophile. Ils devront travailler de concert avec l'équipe de Titi.

Entre temps, les résultats de l'autopsie sont arrivés. L'homme est mort émasculé, il n'y a aucune trace de défense. Une analyse sanguine est en cours pour tenter de trouver des traces de somnifères ou de drogue.

La mort est due à une forte perte de sang. Le sexe retrouvé dans la baignoire appartient bien à la victime. L'arme du crime est un couteau de boucher, peut-être le même utilisé pour la quatrième victime. Des fibres ont été trouvées dans la plaie.

Au final, rien de nouveau. Il faudra attendre le reste des analyses !

Le groupe d'enquêteurs se concentrent alors sur le réseau pédophile. Caroline et Titi, eux, recherchent en priorité des informations qui pourraient confondre leur suspect. Un lien entre lui et la victime apporterait du poids dans le dossier.

Le reste de l'après-midi passe très vite et laisse place au soir. Vu le travail énorme à accomplir, les enquêteurs ne s'arrêtent même pas pour manger. Ils dévorent des sandwiches tout en travaillant. L'enquête se développe et pratiquement toutes les personnes en cause sont trouvées.

La nuit est bien avancée lorsque Titi ramène Caroline chez elle…

****

A peine arrivée à son appartement, la jeune policière va prendre une douche bien méritée avant d'aller se coucher.

Elle ne prend même pas le temps de laisser un message à son petit ami. Il devra attendre le lendemain pour avoir des nouvelles.

Épuisée, elle s'endort rapidement. La journée a été bien remplie et les émotions fortes.

Je n'aurais jamais imaginé que l'enquête tournerait ainsi... Au final, ce « justicier » a réussi à nous faire aller là où il voulait ! La justice fera son travail mais, cette fois-ci, sans lui ! Nous allons prouver que la police est encore capable d'agir ! Je ne laisserai pas le vice pourrir mon coin paumé !

XII

Un nouveau jour se lève… Et aujourd'hui, je suis plus motivée que jamais ! La justice va faire son travail et nous allons prouver que nous sommes capable, nous aussi, d'agir ! A part que nous, nous servons la loi !

Pour une fois, Caroline arrive après son équipier Titi. La nuit fut courte mais bonne. Reposée et motivée, elle se prépare à une journée d'action.

Tout le monde s'est regroupé très tôt. Il faut s'organiser pour la série d'arrestation prévue ce matin. La police va frapper un grand coup en arrêtant tous les membres d'un réseau pédophile. L'enquête du tueur en série, le « justicier » est pour l'instant mise entre parenthèse. La priorité est donnée à la nouvelle affaire, la police ayant plus d'éléments incriminants.

Le plan est simple : une petite équipe de trois-quatre agents à chaque domicile, les arrestations se feront en simultané. Pour cela, le commissaire reçoit l'aide d'autres hôtels de police.

Caroline n'avait jamais vu autant d'agents réunis à un même endroit. A part à l'école de police, mais là, c'est différent. Ce ne sont pas des apprentis-policiers et aujourd'hui, la mission est très importante, trop importante pour ne pas la prendre au sérieux.

Les policiers prennent leurs affaires, sortent du commissariat et montent dans les voitures de service. Chaque voiture démarre et part dans la direction prévue.

Titi et Caroline prennent leur voiture, accompagnés de deux autres agents. La jeune femme est nerveuse et tout au long du trajet, son collègue fait tout pour la détendre.

****

Les arrestations se passent sans problème. Le jour n'est pas encore levé et les voitures de police entament un va-et-vient incessant sur tout le secteur de Saint Dié et ses environs.

Une cinquantaine d'arrestations est réalisée. Pris au saut du lit, personne ne résiste aux agents. Tout ce remue-ménage réveille les concitoyens. Les curieux sortent même sur les trottoirs pour regarder les voitures passées.

Le travail fini, les policiers rentrent au commissariat avec un énorme sentiment de satisfaction.

****

A leur retour, Caroline et Titi remarquent la présence d'Élodie Duffoin du côté du parking. L'odeur du scoop attire les hyènes, comme dirait le commissaire Marchal.

Le duo descend de voiture et Titi fait signe aux deux autres agents de s'occuper des suspects. De leur côté, ils s'avancent vers la journaliste qui leur sourit.

Ils sont encore à un mètre d'elle que la reporter commence déjà à les harceler de questions. Titi la calme direct en lui tendant la main avec un « bonjour » cynique. Surprise, elle se tait quelques secondes avant de s'excuser, dire bonjour à son tour et reprendre son métier.

Les deux enquêteurs lui expliquent, sans entrer dans les détails, le pourquoi de tout ce raffut. Ils lui apprennent aussi que le préfet et le commissaire organiseront dans la matinée, une conférence de presse où les détails de l'affaire seront révélés. Un peu déçue du manque d'informations, elle les remercie quand même et prend congé.

À l'intérieur, c'est le branle-bas de combat. Il n'y a pas assez de place pour tous les suspects… Surtout qu'il doit y avoir un minimum de contacts entre eux tant que les interrogatoires n'ont pas eu lieu.

Titi s'en amuse et chahute chaque suspect qu'il croise. Son équipière a l'impression de voir un gamin dans un rayon de jeux-vidéos. Ils arrivent, enfin, à atteindre leur bureau.

Maintenant que les arrestations sont faites, ils peuvent reprendre leur enquête.

Ils allument leurs ordinateurs et commencent par vérifier leurs mails. Un courriel du légiste leur annonce les résultats des analyses supplémentaires.

Le couteau utilisé est bien le même que pour la quatrième victime, André Gérard. De plus, les analyses sanguines ont révélées que la victime, M. Peregrin, avait été droguée par une forte dose de somnifères, du Doxylamine. Le même somnifère utilisé pour la troisième victime, Alexandra Renard.

Pour la première fois, nous avions bien plus que la carte de Gabriel comme lien entre les victimes ! Le tueur avait-il fait moins attention ? Était-ce un trop plein de confiance ?

La joie de Caroline redescend rapidement pour presque disparaître : Des liens entre les victimes, oui mais aucune preuve pour inculper qui que ce soit…

Il n'est pas encore temps de se reposer sur ses lauriers.

Les victimes du pédophile ayant été toutes identifiées, tous les suspects arrêtés, le duo d'enquêteurs décide de croiser ces informations avec celle connue pour Miguel Santos.

L'équipe se partage les dossiers et recoupe tout. Après plusieurs heures, ils découvrent que Miguel Santos connaissait une des victimes et, surtout, qu'il avait harcelé un des coupables. Il est décidé d'interroger l'homme pour connaître sa version avant de reprendre contact avec M. Santos.

Encore une fois, cet homme est en lien avec notre affaire ! Pure coïncidence ? Je ne peux pas le croire !

Avant d'agir, Titi prend le temps d'en parler avec leur supérieur, de retour de la conférence de presse. Il est clair qu'il faudra, une nouvelle fois, agir avec prudence vis-à-vis de leur suspect.

La dernière fois, ils l'avaient convoqué non pas comme suspect mais plutôt comme éventuel témoin, consultant... Cela leur avait permis de récupérer des informations sur le groupe Les Ailes de Michaël. Même si tout ça n'avait abouti à rien !

La décision est prise : Miguel Santos sera, une nouvelle fois, auditionné afin de connaître exactement son lien avec la victime.

La matinée se termine. Il est temps de prendre une pause ! Et, vu le bon travail réalisé ce matin, le commissaire Marchal leur laisse une pause plus longue que d'habitude.

Il faut dire que tous les agents sont au poste depuis cinq heures du matin !

****

Ayant deux heures de pause, Titi propose à Caroline de découvrir le Buffalo Grill du coin. Ils prennent une voiture et partent en direction de la zone d'Hellieule. Ils se garent sur le petit parking et descendent de voiture.

Ils entrent dans le restaurant, le serveur les installe à une table tranquille. La jeune femme découvre une carte pour les carnivores. Ne sachant que prendre, elle demande conseil à son collègue qui lui propose un plat plein de découverte.

— Tu vas voir ! Y'a de l'autruche, du kangourou et du bison ! Un pur régal !

Le serveur revient pour prendre la commande et une dizaine de minutes plus tard, les plats arrivent. Les policiers mangent et vident leurs assiettes. Titi se renseigne sur l'avis de son équipière qui a adoré les viandes, un peu moins la sauce.

Ils prennent le temps de prendre un café avant de repartir.

Il est encore tôt, ils en profitent pour aller faire un tour au centre culturel Leclerc voisin.

Caroline s'arrête aux romans policiers tandis que Titi va regarder les nouveautés en matière de jeux vidéos et Blu Ray. Ils se retrouvent à la caisse et découvrent ce que chacun a décidé d'acheter.

Pour Caroline, ce sera des romans, le dernier tome de Game of Thrones, Cuisine Sanglante et Sharko. Son équipier, lui a plutôt choisi le coffret de la dernière saison de Flash et le jeu Battlefield 1 pour Playstation 4.

Après leurs achats, ils retournent à l'hôtel de police.

****

De retour au bureau, ils décident de préparer leur interrogatoire du lendemain.

Ils reprennent le dossier et cherchent plus d'informations sur la victime et le suspect en lien avec M. Santos. Ils devront chercher le moindre indice dans les réponses de leur homme !

Durant l'après-midi, ils donnent aussi un coup de main à leurs collègues pour les interrogatoires restants. Pour l'instant, l'affaire de pédophilie avance bien. Après tout, il est difficile pour les personnes arrêtées de nier les faits ; les vidéos et les photos sont des preuves accablantes.

Il est clair que, pour une fois, ils auront les félicitations de leurs supérieurs !

A la fin de la journée, les interrogatoires sont finis. Il ne reste plus qu'à monter le dossier et le faire parvenir au procureur qui en sera en charge.

Pour Caroline, tout cela est une première ! Elle prend le temps de tout analyser. Une fois son tueur arrêté, ce sera son tour de faire ça…

Elle quitte le commissariat vers 18 heures, il n'y a plus rien à faire pour aujourd'hui.

Une journée bien remplie ! J'espère que demain sera pareil ! Nous allons une nouvelle fois, interroger cet homme si arrogant… Espérons que cette fois-ci, nous aurons l'occasion de le coincer pour de bon !

XIII

Une nouvelle journée commence... Aujourd'hui, nous allons encore avoir à faire avec ce type !

Lorsque Caroline arrive au poste, son équipier est là, en train de tout préparer pour la venue de Miguel Santos. Très occupé, il lève à peine la tête pour la saluer.

La jeune femme s'installe à son bureau et allume son ordinateur. Elle sait que lorsque Titi est ainsi, il est préférable de le laisser tranquille. Malgré tout, elle prend le temps de vérifier le travail de son collègue. Le dossier est bien monté et permettra un interrogatoire simple et rempli.

Il ne reste plus qu'à espérer que le suspect collaborera !

L'homme en question arrive un peu avant neuf heures. Un policier l'accompagne jusqu'au bureau des enquêteurs. Miguel Santos lui fait la remarque qu'à force, il connaît le chemin... Mais cela ne fait sourire que lui !

Titi le salue et lui fait signe de s'asseoir. Caroline le salue à son tour. Les questions débutent et Titi décide de ne pas tourner autour du pot.

— Si vous êtes là, aujourd'hui, c'est pour nous parler des liens qui vous unissent à la petite Linda Lemercier et au banquier Arnaud Lenoir.

— Cet enfoiré de Lenoir ?! Si j'avais eu le courage, je l'aurais choppé dans un coin et je lui aurais coupé ses couilles !

— C'est très intéressant…

— Pas la peine de réagir comme ça ! J'en serais incapable ! J'suis contre la violence !

— Hmm Hmm… Et comment avez-vous su sa véritable nature ?

— Par la mère de la petite Linda ! Ce sont mes voisines !... Enfin, c'étaient… Elles ont déménagé quand la justice a préféré taire l'affaire ! Ce salaud, il a abusé de la petite !

— Mais, aujourd'hui, les choses ont changé !

— Pas grâce à vous ! Vous faites que récolter les lauriers ! Les pots cassés, les traumatismes, vous en avez rien eu à foutre jusqu'à présent !

L'homme s'énerve, Caroline remarque l'émotion de toute cette affaire… On pourrait presque croire qu'il fait partie des victimes. Mais, surtout, il donne l'impression de pouvoir tuer les coupables.

Il hait la police, il n'a aucune confiance en la justice… Pour la première fois, son comportement conforte les policiers dans leurs soupçons.

Soudain, Miguel Santos se tait, ferme les yeux et prend une grande inspiration. Sa colère redescend, il retrouve son calme.

— Au moins, les Anges de Gabriel pourront, enfin, clore ce dossier ! Le premier parmi tant d'autres… Allez-vous nous prendre au sérieux maintenant ?

Titi le regarde fixement, sans aucune émotion apparente, puis il lui répond.

— Et bien, pour cela, il faudrait déjà nous montrer ces fameux dossiers !

Il s'arrête, semble en pleine réflexion avant de reprendre.

— D'ailleurs, ce serait bien que vous nous apportiez tout ça ! On aimerait vraiment les lire, il se pourrait que, dans le lot, il y ait des victimes potentielles…

Miguel Santos, sentant un intérêt pour son groupe, accepte sans broncher et propose même de les amener dans la journée.

Les agents de police le remercient, ils préfèrent écourter l'interrogatoire. Le comportement de leur suspect les a titillés et ils espèrent avec les dossiers des Anges de Gabriel trouver des preuves qui pourront l'accabler.

L'homme les laisse et quitte le commissariat.

Suite à cette entrevue, les deux policiers réalisent un compte rendu à leur supérieur. Il leur conseille de prendre des précautions avec Miguel Santos, d'attendre les dossiers et de les analyser le plus précisément possible.

Le moindre détail suspect pouvant l'inculper sera le bienvenu dans ce dossier compliqué et délicat.

Son temps est compté ! Bientôt nous aurons les preuves qui nous manquent et ses actes horribles s'arrêteront ! Oui, je le sens, nous touchons au but !

Miguel Santos repasse à l'hôtel de police en fin de matinée. Accompagné de trois autres membres du groupe des Ailes, il apporte, comme convenu, les dossiers. Les quatre hommes déposent sept cartons remplis de feuilles et de dossiers cartonnés.

Du travail en perspective pour l'équipe d'enquêteurs ! Mais, vu l'heure, cela attendra. Ils prennent d'abord leur pause pour se restaurer ; à leur retour, ils s'attaqueront à ces cartons.

****

Après un bon repas, l'heure de reprendre le travail est arrivée. Les cartons sont partagés entre les membres de l'équipe. Caroline et Titi prennent le premier puis se le partagent.

La jeune femme débute par un dossier sur des paris truqués. Elle lit attentivement, prenant des notes. A chaque nom, elle prend le temps de vérifier. Des documents internes indiquent qu'une enquête est en cours mais faute de preuve, il n'y a jamais eu d'arrestation. Le dossier est mis de côté.

Après plusieurs dossiers lus, trois piles sont formées : les enquêtes en cours, les dossiers qui méritent enquête et les sans intérêts. Le temps s'écoule, les piles augmentent mais toujours rien qui pourrait inculper Miguel Santos.

L'après-midi passe très vite. Et la motivation du matin s'amenuise.

Et puis, soudain, une découverte intéressante ! Titi trouve, entre deux dossiers, un document mettant en cause leur suspect. Il s'agit d'un listing de noms réalisé par ses soins dans lequel on retrouve pratiquement toutes les victimes du « justicier ». Mais rien de plus, rien ne précise l'origine ni la date du document ; seul le nom de Miguel Santos est inscrit sur le haut du papier.

Le reste des dossiers ne donne rien.

Un débriefing a lieu avec le commissaire Marchal. Une convocation est mise en place pour leur suspect. Il sera mis en garde à vue dès ce soir.

Une voiture part le chercher à son domicile dans l'heure qui suit. Il est temps pour Miguel Santos de s'expliquer !

Je le savais ! Voilà l'erreur que nous attendions depuis le début ! Cette nuit, le « justicier » dormira en prison !

****

Les agents reviennent avec Miguel Santos. Ce dernier ne comprend plus rien, ce matin il était une aide mais ce soir, le voilà coupable !

Il est amené directement en salle d'interrogatoire, l'homme n'est pas d'accord et le fait savoir. Tout le commissariat est au courant de sa présence. Il faudra la jouer serrer, son dernier interrogatoire s'est terminé par un déchaînement journalistique contre la police.

Titi prend les choses en main directement. Il pose violemment le document sur la table devant l'individu.

— Alors on nous cache des choses ?

L'homme ne semble pas comprendre de quoi il en retourne. Il donne un coup d'œil au papier puis relève la tête vers le policier.

— C'est ma liste et alors ? Chaque membre en a une !

— Tu nous expliques ?

— Et bien, on liste les noms de personnes qui ont agi malhonnêtement avec nous ou un proche. Ça nous permet de décider quelles enquêtes réalisées !

— Hmmm, et ce document a été écrit quand ?

— Y'a plusieurs années ! Quand les Ailes de Gabriel ont été créés !

Titi donne un coup d'œil vers son équipière qui prend des notes. Il se tourne à nouveau vers Miguel Santos.

— Et comment peut-on être sûr qu'il date de cette époque ?

— Demandez aux autres ! Ils vous le diront !

— On le fera ! Pas de soucis… Par contre, ce qui pose problème, au jour d'aujourd'hui, ce sont les noms inscrits sur cette liste… La plupart sont morts, tués dans ces derniers mois ! Une explication ?

L'homme fixe les enquêteurs, secoue la tête avant de parler.

— J'en sais rien ! J'ai pas d'explication ! Vous savez tous les membres du groupe ont accès à ces documents… Certains en ont même des doubles chez eux ! Beaucoup de monde ont pu voir cette liste !

Les questions s'enchaînent sans résultat. Au final, l'interrogatoire se termine. Titi annonce à Miguel Santos qu'il est maintenant en garde à vue. L'homme fait appel à Bertrand Martinot, l'avocat des Ailes de Michael avant de suivre le policier jusqu'à sa future cellule.

Les agents de police font le point en attendant l'arrivée de l'avocat. Pour eux, leur suspect ne fait aucun effort pour coopérer mais, une chose est sûre, s'ils poussent un peu, l'homme craquera ! Même si, pour cela, il faut y passer la nuit !

Nous sommes à deux doigts ! Il ne doit pas nous échapper ! Je ne veux pas d'un nouveau meurtre !

L'avocat arrive vers minuit. Il demande directement à parler à son client. Puis tout s'enchaîne : Bertrand Martinot prend les choses en main et, très rapidement, Miguel Santos est libre… Une preuve que le listing est vieux de plusieurs années, qu'il est visible par des dizaines voire des centaines de personnes depuis son écriture, est ajoutée au dossier.

Et, une nouvelle fois, l'homme échappe à la police…

Il est maintenant clair que si nous voulons le stopper, nous devons trouver une preuve incriminante ! Elle devra être en béton ! Mais je jure qu'il ne fera plus aucune victime !

Titi reste assis, dépité. Tout leur travail de la journée vient d'être anéanti en quelques minutes ! Personne n'a les mots pour le consoler, le remotiver… Le silence s'est installé et devient pesant dans la salle.

Leur chef leur ordonne de rentrer chez eux. Demain sera un autre jour, rien n'est encore terminé ! Après tout, ils y étaient presque ; la prochaine fois sera la bonne.

De plus, ces deux derniers jours ont permis de stopper une organisation pédophile. Les habitants de Saint Dié et des environs ont retrouvé confiance en la police !

L'équipe quitte le poste, tente de se remotiver sur le parking puis se sépare. Tous rentrent se coucher.

XIV

L'enquête a continué... Mais nous n'avons trouvé aucune preuve pouvant incriminer Miguel Santos ! Et, en ce dernier jour de novembre, un nouveau mort a pris place !

Malgré un beau soleil et une température au-dessus de la normale pour ce dernier jeudi de novembre, l'ambiance est froide. Caroline rejoint Titi sur une petite aire, à l'orée de la forêt, au Pair de Saulcy sur Meurthe. Un homme y a été retrouvé mort par un couple en plein adultère.

Le mort est très bien connu des représentants de la loi, il fait lui-même parti d'un des corps de métier de la justice. Il s'agit d'un gendarme de 28 ans, Mickaël Petiot.

Le médecin légiste, déjà sur place, peut déjà conclure sur l'origine de la mort : une overdose. A première vue, on peut parler de drogues dures. Il faudra attendre les résultats d'analyse pour connaître la dose exacte et quelle drogue a servi.

Une seule chose est sûre, le « justicier » est passé par là ! Une carte de Gabriel a été retrouvée sur le cadavre.

Mais le problème majeur pour l'instant est de réussir à gérer les journalistes. Ils sont déjà là à prendre des photos et à chercher un maximum d'informations : un gendarme mort, ça fait toujours parler, surtout lorsque celui-ci se fait tuer par un meurtrier qui ne s'attaque qu'à des personnes qui se pensent au-dessus de la justice !

Le corps est emmené. Les policiers finissent de récupérer les dernières informations et le maximum d'éléments qui pourront être analysés. De nombreuses traces de pas sont trouvées sur les lieux, dont une proche du cadavre.

Titi, énervé, n'arrive pas à se concentrer. Il passe plus de temps à râler après ces collègues qu'à faire attention aux détails de la scène du crime. Et Caroline n'est pas plus concentrée…

C'est déjà difficile quand on doit mener une enquête pour meurtre mais là… C'est un collègue, un représentant de la loi !… Mais le pire, c'est se dire que s'il est mort, cela veut dire qu'il n'était pas si clean que ça… Un homme impur au service de la justice…

Se rendant compte que tout cela ne les mènera à rien, elle propose à son équipier de partir pour le commissariat. Ils pourront commencer les recherches sur les « activités » de leur collègue.

****

Arrivés au poste de police, ils sont interpelés par leur supérieur. L'instant est grave, il n'est plus question que de l'honneur de la police dans cette affaire ! La gendarmerie va être salie !

Tout le monde le sait déjà, le gendarme Petiot n'était pas intègre. Si le « justicier » s'en est pris à lui, cela ne signifie qu'une seule chose : il a, aussi, agi de manière immoral. Et, même si cela peine les agents de police, il va falloir trouver dans quelle sombre histoire il se trouvait pour devenir une des victimes de cette affaire.

Après la réunion d'urgence, l'équipe se met au travail. Si le gendarme est mort par overdose, il est logique de chercher un lien. Pour cela, il va falloir obtenir tous les dossiers des enquêtes en rapport avec des trafics de drogue où il travaillait dessus.

Et le premier problème se pose : la gendarmerie acceptera-t-elle de les aider dans l'enquête ? Cela est moins sûr ! Leur honneur est remis en cause et chercher à salir celui d'un membre de la gendarmerie ne va pas arranger les liens, déjà tendus, entre les deux corps de justice.

Titi ne cherche pas midi à quatorze heures. Il part directement dans le bureau du commissaire Marchal et lui demande de s'arranger avec le chef d'escadron en charge de la gendarmerie de Saint Dié. Son supérieur accepte, il prend contact avec son homologue mais la conversation s'échauffe rapidement.

Caroline, restée à son bureau, entend même la conversation et, surtout, les noms d'oiseaux qui volent. Le commissaire raccroche. Il se tourne vers Titi et tente de le rassurer, ce n'est pas fini. Il reprend le combiné, cherche un numéro précis dans son agenda et le tape. On décroche à l'autre bout du fil, il s'agit de la secrétaire du préfet.

Ils apprennent que le préfet n'est pas là, il est en route pour Saint Dié, pour l'hôtel de police. Il devrait bientôt arriver. Le commissaire ne se démonte pas et lui demande de le contacter pour le prévenir de la non-coopération de la gendarmerie. De son côté, la secrétaire prend note de tout cela et lui confirme qu'elle va prévenir M. le préfet. Elle raccroche, une fois la conversation terminée.

Lorsque Titi retourne à son bureau, il sourit. Voyant le regard inquisiteur de son équipière, il lui explique les conséquences et les répercussions que toute cette histoire va avoir. Leurs homologues gendarmes vont se faire remonter les bretelles.

Comme si ça ne suffisait pas ! Il faut que ces idiots en rajoutent une couche ! Comment veulent-ils qu'on arrête le tueur de leur collègue s'ils nous bloquent d'entrer dans l'enquête ?! C'est vraiment n'importe quoi !

Caroline découvre la complexité des liens entre les différents corps de la justice. La police et la gendarmerie n'ont jamais été en très bons termes et cela est en train de gêner le bon déroulement de l'enquête.

De ce côté-là, l'enquête est au point mort. Ils partent donc sur le côté personnel. Après tout, le lien avec la drogue ne vient pas forcément des affaires sur lesquelles il bossait.

Pour se faire, ils listent les noms de tous ses proches, famille, amis. Le sergent Petiot faisait aussi partie de l'équipe de foot de Taintrux. Au final, une trentaine de noms à vérifier.

L'équipe se partage les noms et commence les recherches. Chaque personne est vérifiée minutieusement. Au fur et à mesure, les noms sont barrés et, au final, un seul nom reste.

Un ami proche du gendarme, un homme qui a déjà eu à faire avec la justice. Il s'était fait arrêter, il y a trois ans, avec une petite dose de cannabis et, surtout, quinze gramme de cocaïne sur lui. Mais, comme les analyses sanguines n'avaient rien donné, il n'avait eu qu'une petite amende.

Titi prend les coordonnées de l'homme. Vu le passif, il est préférable d'aller directement à son domicile.

****

Direction Taintrux, l'homme habite chez ses parents. Sans diplôme, il n'a jamais travaillé. Il a fait quelques stages de deux-trois jours mais qui n'ont jamais abouti à quoi que ce soit. Pour Titi, cet homme n'est rien d'autres qu'un « cas soc' ». Sa collègue est outrée, il tente de détendre l'atmosphère.

— Dans le sens péjoratif ! Il fout rien de sa vie ! Il vit au crochet de ses parents ! Comme on disait à la vieille époque, un jun-kie… Faut pas se tromper avec les vieilles quilles !

Il se met à rire. Caroline le regarde dépitée suite à ce jeu de mot pourri. Elle devrait être habituée depuis le temps mais, pourtant, à chaque fois qu'il en fait un, elle ne peut se dire qu'elle a hérité d'un équipier au sens de l'humour bien étrange.

Mais la détente s'arrête lorsque la voiture se gare devant la maison des parents. Les policiers en sortent, sonnent et attendent. Un homme assez âgé ouvre la porte. Il ne semble pas surpris de les voir.

— Vous êtes là pour Aymeric ? Qu'est-ce qu'il a encore fait ?!

— Euh… Non, Monsieur ! Votre fils n'a rien fait… Enfin pas à ma connaissance ! Nous voulons juste lui parler de ses liens avec Mickaël Petiot !

— Le Petiot ? Y'a un soucis avec lui ?!

— Et bien, Monsieur, pourrions-nous en discuter à l'intérieur ?

L'homme accepte et les laisse entrer. Caroline remarque une femme, la cinquantaine, à l'autre bout du couloir. Elle la salue par un signe de tête, la femme lui répond. On peut voir sur son visage des signes d'inquiétude.

Son mari lui demande d'aller chercher leur fils, puis propose aux policiers de le suivre au salon. Il leur fait signe de s'asseoir à la table en chêne. Le silence s'installe à son tour jusqu'au moment où la femme revient avec un jeune homme proche de la trentaine.

Son père lui indique où s'asseoir.

— Aymeric, assis-toi ! Ils sont là pour parler du Petiot !

— Mickey ?! Qu'est-ce qu'il a fait ?!

Les policiers n'ont pas le temps de répondre, la mère d'Aymeric souhaite leur proposer un café avant. Caroline refuse poliment, Titi lui accepte. La femme propose alors une tasse de thé à la policière qu'elle accepte volontiers.

Une fois tout en place, la discussion reprend. Les enquêteurs expliquent la raison de leur venue. Tous sont sous le choc en apprenant la mort de Mickaël Petiot. Puis les questions débutent, ils ont besoin de savoir si le gendarme a un quelconque lien avec un trafic de drogue. Selon les dires de la famille, non… Il était plutôt le genre de personne a détesté les hors-la-loi, quelqu'un de franc et d'intègre.

Caroline remarque une certaine gêne chez Aymeric. Il semble cacher quelque chose ; dès qu'on prononce le nom du sergent Petiot suivi de « drogue », il se tortille sur sa chaise. Mais la présence de ses parents le bloque… Elle fait, discrètement, signe à son collègue qui lui confirme. Il avait aussi remarqué le stress et la gêne de l'homme.

— Aymeric, nous souhaiterions vous montrer une photo avant de partir ! Celle d'un homme, un suspect… Et nous voudrions que vous nous disiez s'il vous dit quelque chose !

Titi met sa main à la poche puis la ressort vide. Il cherche dans chacune de ses poches mais toujours rien.

— Ah mince, je l'ai oublié dans la voiture ! Ça ne vous dérange pas de nous accompagner jusqu'au véhicule ?

— Non, non, pas de soucis ! Je vous suis !

Tout le monde se lève, les policiers saluent poliment les parents puis quittent la maison, accompagnés d'Aymeric.

En arrivant au véhicule, Titi se retourne vers le jeune homme et lui redemande ce qu'il sait sur son ami décédé et la drogue. Aymeric, après avoir hésité, se met à parler. Il leur explique que Mickaël était complètement lié au trafic de drogue du secteur. Il recevait des pots-de-vin et, en échange, il fermait les yeux sur toutes les affaires des dealers. Il allait jusqu'à falsifier des rapports, mener ses collègues sur de mauvaises pistes…

Au final, le bon samaritain était pourri jusqu'à la moelle ! Mais, il se pourrait qu'il ne soit pas seul ; Aymeric leur parle aussi de deux autres gendarmes mais, malheureusement, il ne connaît pas leurs noms.

Ayant eu toutes les informations possibles, les enquêteurs repartent pour l'hôtel de police.

La vermine est même dans nos rangs… La justice est viciée de l'intérieur… Et on veut que les gens nous respectent ?! Comment pourraient-ils ?… Quel monde pourri !

****

A leur retour, une bonne nouvelle les attend. Le préfet a fait son travail et les dossiers de la gendarmerie en lien avec la victime leur seront servis sur un plateau. Ils les recevront logiquement dans l'après-midi… Mais, Titi prévient déjà que le délai sera très certainement dépassé et qu'il vaut mieux s'attendre à ne les avoir que le lendemain.

De leur côté, ils font un mini rapport à leur supérieur qui se trouve en compagnie du préfet. Une nouvelle fois, la victime va entraîner une enquête plus conséquente. Le préfet, après leurs explications, va prendre des mesures : une enquête interne va être mise en place pour découvrir qui sont les deux gendarmes mis en cause et, surtout, faire le ménage dans les rangs de la gendarmerie.

Des représentants de la justice qui ne la respectent pas… Encore une fois, notre enquête s'écarte de son chemin… Ce «justicier» prouve à nouveau que notre monde n'est pas tout blanc… Mais pourquoi faut-il que ce soit un meurtrier qui mette à jour ces horreurs ?!

Le duo dépose leurs affaires et prend le temps de vérifier leurs mails. Le rapport préalable de l'autopsie est déjà disponible. Il confirme la cause de la mort : une overdose, mais des traces de lutte prouve qu'elle n'était pas accidentelle. Des micro-bouts de peau ont été retrouvés sous les ongles de la victime, ils sont en cours d'analyse. Cela prendra plusieurs jours pour obtenir la carte ADN complète. La drogue utilisée n'est autre que de la cocaïne. Les traces retrouvées sur le corps sont encore en analyse pour connaître ses composants précis.

Titi explique à sa collègue que le résultat permettra de déterminer d'où elle provient et donc, le vendeur. Ils pourront l'interroger et découvrir qui est l'acheteur, le tueur. Ce sera plus rapide que d'attendre les résultats ADN ; sans concordance avec la base de données de la police, ceux-ci ne seront d'aucune utilité. Il faut donc, en premier lieu, trouver l'assassin puis vérifier son propre ADN.

Mais ce qui dérange presque la jeune femme est justement ces bouts de peau retrouvés… Pourquoi ce tueur si discret a-t-il fait une telle erreur ?

En attendant les résultats, les enquêteurs sont coincés. Comme midi approche, ils prennent leur pause et partent déjeuner. Ils espèrent avoir de nouveaux résultats à leur retour au commissariat.

Peut-être sommes-nous proches de stopper ce monstre ?… Mais, à force de déconvenue, je n'arrive plus à espérer… Surtout en voyant où nous en sommes… Des arnaqueurs, des trafiquants, des pédophiles,… Un monstre tuant des monstres… Voilà ce que nous traquons depuis des mois !

****

De retour à l'hôtel de police, une surprise les attend. Les dossiers d'enquêtes de la gendarmerie sont déjà là. Titi est impressionné, personne au poste ne s'attendait à les recevoir aussi vite !

Le travail est partagé entre les membres de l'équipe. Chacun va devoir reprendre chaque dossier, relire chaque rapport pour chercher le moindre détail. Ils savent aussi que si des noms, autre que Mickaël Petiot, apparaissent régulièrement dans les rapports, il faudra les lister. Le préfet leur a demandé d'aider au maximum les affaires internes.

Ils se mettent au travail. Les dossiers sont lus, relus, détaillés. Au final, une liste d'une dizaine de gendarmes est faite, des noms de dealers ressortent aussi. Mais ce n'est pas tout ! Un nom connu est inscrit dans un des rapports.

Le rapport a été écrit par le sergent Petiot en personne. Il relate une altercation entre un groupe de jeune, dont l'un d'eux vend de la drogue, et un groupe de personnes, tous membres des Ailes de Michaël. Le leader du groupe n'était autre que Miguel Santos.

La gendarmerie a dû intervenir pour empêcher une bagarre générale. Le rapport explique que les jeunes se sont rapidement calmés mais qu'il a fallu emmener l'autre groupe. Ne voulant pas lâcher l'affaire, ils ont passé la nuit en cellule.

Une nouvelle fois, les Ailes de Michaël et Miguel Santos apparaissent durant l'enquête. Les coïncidences n'existent pas, l'homme sera à nouveau convoqué demain !

Entre temps, les premiers résultats des analyses sont arrivés, la composition exacte de la cocaïne va permettre de trouver le dealer. Les policiers, grâce aux dossiers de la gendarmerie, découvrent le nom du vendeur de coke. Malheureusement, ils ne connaissent que son surnom et sa zone de vente, pas moyen d'avoir plus comme informations. Les agents de police décident d'attendre la soirée pour se déplacer sur le secteur du dealer. Habituellement, il commence à y trainer après vingt heures.

En attendant, une convocation est déposée chez Miguel Santos. L'équipe prépare le dossier pour demain, ils devront découvrir son lien avec la nouvelle victime.

Après cela, ils se préparent pour la future interpellation. L'heure approche à grands pas. Ils prennent leurs affaires, quittent l'hôtel de police pour entrer dans des véhicules banalisés. La discrétion sera de mise. Les quinze policiers démarrent, direction le cimetière de Saulcy sur Meurthe.

Ma deuxième interpellation… En plus, un dealer connu de nos services !

****

L'équipe se met en place. Les voitures se garent à trois endroits différents près du cimetière. Les deux autres se postent à l'entrée des rues donnant accès à ce dernier. Ils arrêtent les phares, les moteurs.

Ne reste plus qu'à attendre l'individu.

Deux heures plus tard, un groupe de jeunes entre quinze et vingt ans entre dans le lieu sacré, sans remarquer la présence des enquêteurs. Les policiers sont sur le qui-vive, leur dealer ne devrait plus tarder.

Et en effet, il apparaît quelques minutes après. Et, alors qu'il s'apprête à entrer à son tour dans le cimetière, les agents passent à l'action. Tout se passe très vite, et l'homme se retrouve rapidement menottes aux poignets. Mais les choses se compliquent légèrement lorsque le groupe, attiré par les bruits, arrive à l'entrée du lieu de sacre.

Ils commencent à chercher des crosses aux policiers. Les deux autres voitures arrivent en renfort, le bruit des gyrophares fait effet sur les jeunes. Ils se dispersent et fuient le secteur, seuls deux entre eux sont arrêtés.

Ils font monter les interpelés dans les voitures puis repartent pour le commissariat.

****

De retour à l'hôtel de police, les plus jeunes sont mis en cellule. Le dealer, quant à lui, est amené directement en salle d'interrogatoire.

L'interrogatoire est mené par Caroline et Titi. Le dealer n'est pas coopérant jusqu'au moment où il apprend qu'un geste pourrait être fait s'il les aide à arrêter le meurtrier. Après une négociation pour sa future peine, il accepte de répondre aux questions des agents.

— Alors, dis-nous qui t'a acheté de la coke !

— Un mec, jamais vu avant ! J'dirais 1m75, 1m80... Il avait les cheveux courts... Je crois... Il portait une casquette ! Je peux même pas vous dire de quelle couleur ils étaient ! Pareil pour ses yeux ! Il faisait nuit...

— Et à part ça, aucun détail ?

— Non... Il m'a dit s'appeler Mickaël mais tout le monde le surnommait le Saint !

— Michaël... Hein ?

Titi donne un coup d'œil à sa collègue puis reprend.

— Si on te montres une photo, tu pourrais le reconnaître ?

— Ouais... Je pense...

Il lui montre une photo de Miguel Santos, l'homme prend son temps. Il regarde minutieusement l'image, réfléchit avant de donner sa réponse.

— Ça se pourrait... Ça pourrait être lui...

— Pourrait ?!

— Je dirais à 90%... Après, il faisait nuit ! Je peux pas être sûr à 100%...

Suite à cela, l'interrogatoire se termine, le dealer est emmené en cellule. Il sera déféré dans les prochains jours.

Minuit approchant, le reste attendra demain. L'équipe se quitte pour prendre du repos. Chacun rentre chez soi, la nuit sera courte. Demain, ils interrogeront, une nouvelle fois, Miguel Santos. Il devra s'expliquer sur ses liens avec la dernière victime, le possible achat de drogue.

L'affaire semble arriver à sa fin… Titi quitte, le cœur plus léger, son équipière.

— Demain, tout sera fini ! Je te le jure !

Pourquoi avait-il dit ça ? Comment Titi pouvait-il être sûr que tout se terminerait demain ?...

XV

Une belle surprise ce matin, j'ai reçu un SMS de Marc. Il vient sur Saint Dié dans l'après-midi... Un bon repas en perspective pour clôturer une longue journée...

Caroline rejoint Titi au bureau. Ils doivent revoir une dernière fois toutes les informations avant l'arrivée de leur suspect. Avec tous les éléments en leur possession, l'interrogatoire devrait bien se passer.

Miguel Santos arrive un peu avant neuf heures. Il semble agacé aujourd'hui, et cela ne va pas changer... Il est directement conduit en salle d'interrogatoire numéro deux. Il est rejoint dans la foulée par les deux policiers.

— Alors on veut encore me coller un meurtre ? Vous en avez pas marre de me harceler ?

Personne ne relève la remarque, les deux agents s'installent, Titi fait signe à l'homme de s'asseoir en face d'eux puis il baisse la tête comme s'il voulait lire le dossier devant lui.

— Bien, on va se calmer et discuter !

L'homme troublé, s'assoit sans un mot. Il attend les explications du policier qui reprend.

— Si vous êtes là aujourd'hui, c'est que nous avons de nouveaux éléments qui vous mettent en cause ! Connaissez-vous le gendarme Petiot ?

— Petiot, vous dites ?... Ça me dit quelque chose… Mais rien de plus !

— Il est mort ! Overdose. Il vous avait arrêté pour tapage et agressivité vis-à-vis d'un groupe de jeune !

— La vache ! C'est lui, la dernière victime ?! Un des pourris protégés par la loi ?!

— Pourri ?

— Ben ouais ! Il fait partie de ceux qui laissent la drogue circulée dans nos rues ! Ils savent qui vend, qui achète mais ils font rien ! Au contraire, ils s'enrichissent !

— Donc vous étiez au courant…

— Ouais comme beaucoup de monde ! Et après ?

— Après ? Une personne vous a identifié… Un dealer confirme que vous lui avez acheté la coke qui a permis de tuer le sergent Petiot !

— Quoi ?! Vous déconnez ?! J'ai jamais acheté de cette daube !

— On vous a identifié ! Vous connaissiez la victime ! Vous comprenez qu'on puisse avoir des doutes sur vos propos !

— Je veux voir mon avocat ! J'dirai plus rien !

Les enquêteurs ne sont même pas surpris. Ils acquiescent et arrêtent les questions. Miguel Santos est mis en garde à vue et conduit en cellule, en attendant l'arrivée de son avocat.

Caroline et Titi vont faire leur rapport à leur supérieur. Dès que la situation sera débloquée, ils demanderont la réalisation d'un test ADN sur le suspect. Titi propose aussi la possibilité de faire une perquisition à l'appartement de l'homme. Il faut profiter de sa garde à vue pour tenter de trouver des preuves chez lui !

Le commissaire Marchal prend note, les laisse quitter son bureau et appelle le procureur pour obtenir un mandat.

Dans l'heure qui suit, Maître Martinot est arrivé et a déjà vu son client. Leur défense est en place.

Titi parle avec l'avocat et lui explique que si son client souhaite être innocenté, il serait souhaitable qu'il accepte un test ADN. Après discussion avec Miguel Santos, le test est réalisé. Un agent récupère de la salive du suspect avec un bâtonnet, le tout est envoyé au laboratoire.

Entre temps, le mandat est arrivé. L'équipe d'enquêteurs, accompagné de Maître Martinot, parte pour le logement de Miguel Santos.

L'enquête prend une nouvelle tournure… Nous sommes, aujourd'hui, en quête de preuves ! Et j'en suis sûre, nous en trouverons !

****

Arrivés chez le suspect, Titi demande à l'avocat de les laisser faire leur boulot sans les gêner. L'homme part s'installer près du canapé, tout en surveillant les faits et gestes des policiers.

La fouille débute, les agents de police se mettent en binôme et partent dans des pièces différentes. L'appartement ne possède que cinq zones à fouiller: la cuisine, une chambre, la salle de bain, le salon – salle à manger et un petit débarras. Miguel Santos possède aussi une cave qui se trouve au rez-de-chaussée.

Caroline fait partie du duo en charge de la salle de bain. Titi, quant à lui, est accompagné d'un autre agent pour fouiller le salon. Ils ne trouvent rien. Chaque binôme passe à une autre pièce : le duo de Caroline gère la cuisine et celui de Titi la chambre. Le second binôme trouve un livre sur l'ésotérisme et une bible. Ils accentuent la fouille alors que les deux autres enquêteurs passent au petit débarras. L'avocat, curieux, s'installe dans le couloir pour surveiller les deux groupes.

Titi découvre, soudain, un petit sachet de poudre blanche dans la poche de la veste posée nonchalamment sur une chaise. Il fait signe à son collègue et lui montre sa découverte, tout souriant. Maître Martinot fait irruption dans la chambre. Les policiers lui montrent, lui faisant comprendre qu'il s'agit d'une preuve accablante.

La fouille ne donne rien de plus, Titi fait signe aux autres de quitter l'appartement pour la cave.

La pièce est petite et sombre, il sera compliqué de la fouiller à plusieurs. Caroline remarque que le cadenas qui ferme la porte, est fragile; il est facile de l'ouvrir sans clef. Armé d'une lampe torche, Titi entre dans la cave et commence à tout retourner, à la recherche du moindre indice. Il regarde dans chaque carton, les soulève et les pose dans un coin libre de la pièce. Et ainsi de suite. Jusqu'au moment où quelque chose tombe d'un des cartons. Le policier pose le carton, se baisse et ramasse ce qui est tombé. Il éclaire tout cela avec sa lampe puis se redresse, un large sourire aux lèvres.

— Bingo !

Il montre sa trouvaille à ses équipiers : des cartes maintenues en paquet par un élastique. Dessus, on peut voir le symbole de Gabriel. Il les tend à Caroline qui les met sous scellé.

La perquisition est maintenant terminée. Les policiers repartent au commissariat.

****

Ça y est ! Nous avons enfin les preuves qu'il nous manquait ! Cette enquête va pouvoir prendre fin ! Saint Dié pourra dormir sur ses deux oreilles...

À peine arrivés, ils sont convoqués par leur supérieur. Maître Martinot, quant à lui, a rendez-vous avec son client. Les preuves sont ajoutées au dossier avant de partir pour analyse.

L'équipe fait son rapport qui ravit le commissaire Marchal. En attendant les résultats d'analyse, ils vont une nouvelle fois entendre le suspect. Caroline est mise sur la touche, le commissaire veut participer aux interrogatoires au côté de Titi.

Ils rejoignent Miguel Santos et son avocat en salle d'interrogatoire. Ils s'installent en face, Titi pose le dossier de l'affaire sur la table et commence ses questions.

— On revient de chez vous mais ça, vous le savez déjà, n'est-ce pas ?

Il fait un signe de tête en direction de Maître Martinot qui, machinalement, réajuste ses lunettes. Titi reprend.

— On a trouvé un sachet de drogue dans une de vos vestes… On est train de l'analyser, ça devrait prendre une partie de la journée mais, vous savez, on aura les résultats aujourd'hui ! Donc, vous avez le choix : soit vous parlez maintenant, soit on attend les résultats… Mais la conclusion sera la même ! Alors ?

— C'est pas à moi ! J'ai jamais pris de drogue ! Et encore moins acheté de cette merde !

— Okayyy…. Et pour les cartes de Gabriel ? Elles sont identiques à celles retrouvées sur les corps ! On les a trouvées dans votre cave ! Une explication ?

— Aucune idée d'où elles viennent ! Ça fait un bail que j'suis pas allé dans ma cave ! La porte est pourrie…

— Faudrait voir à être plus coopérant ! On a des éléments à charge on ne peut plus accablants ! Ça sert à rien de nous mentir ! Tôt ou tard, la vérité sort… Et là, elle est déjà en route !

— J'vous dis que j'ai rien fait !

Il marque une pause puis reprend, une lueur dans les yeux.

— C'est vous… Oui, c'est vous ! Vous avez mis tout ça chez moi pour me faire porter le chapeau !

Caroline, de l'autre côté du miroir, surveille les expressions de l'homme. Elle n'arrive plus à se dire qu'il est coupable…

Tout l'accable… Pourquoi ne pas avouer ? Et que veut-il dire sur « porter le chapeau » ?

Elle remarque que son équipier ne bronche pas, il fixe Miguel Santos sans rien dire. Au contraire, un semblant de satisfaction se lit sur son visage.

Titi, qu'as-tu fait ? As-tu vraiment créé des preuves ?... As-tu recommencé ?

La policière réfléchit et se rappelle la réaction de son équipier face au premier suspect, Paul Abolesky. Sans compter qu'aucune empreinte n'a été retrouvée sur les nouveaux éléments.

Le doute s'immisce au profond d'elle.

Sommes-nous en face du tueur ? Ou avons-nous créé le coupable parfait ? S'il est innocent, toute notre enquête est faussée... Et repartir à zéro veut dire encore des morts !

L'interrogatoire se termine sans aveu. Caroline rejoint son collègue au bureau. Elle lui parle de ses doutes et la réaction de Titi n'arrange rien. Il s'énerve et lui fait la remarque qu'elle voit toujours le mal partout, il lui parle de sacrifice, de justice.

La matinée se termine avec une tension perceptible entre les deux. Elle est tellement forte que chacun part manger de son côté ; Caroline, elle, rejoint son petit ami Rue Thiers pour manger un kebab.

****

Durant le repas, la jeune femme lui explique l'avancée de l'enquête et ses doutes sur les nouvelles preuves que Titi a trouvées. Marc l'écoute attentivement. Il la laisse parler sans rien dire.

— Tu te rends compte ? Si jamais elles ont été créées de toutes pièces ?! Qu'est-ce qu'on va faire ? Je sais bien que ça ne veut pas dire qu'il est innocent… Mais je… Je ne veux pas être à l'origine d'une erreur judiciaire !

— Je comprends parfaitement… Mais, ne t'inquiètes pas, ça n'arrivera pas ! Aucun innocent n'ira en prison ! Les choses vont s'arranger ! Fais-moi confiance… Fais-toi confiance !

Il lui remonte le moral durant le reste du repas. Puis l'heure de retourner au travail sonne. Marc raccompagne sa petite amie jusqu'à l'hôtel de police.

Ils se quittent à l'entrée.

****

Lorsque la jeune femme revient, Titi est déjà à son bureau. Les résultats d'analyse sont là : la drogue est celle utilisée pour tuer le sergent Petiot, et les cartes correspondent à celles retrouvées sur les cadavres. Les preuves sont accablantes, seul souci : le manque d'empreintes.

Mais cela ne semble gêner personne, à part Caroline qui est convoquée dans le bureau du commissaire.

Elle y va à reculons. Cette convocation n'est pas pour la féliciter mais plutôt pour lui remonter les bretelles. Sa mise en cause des preuves n'est pas la bienvenue, surtout maintenant.

On lui explique gentiment que les états d'âme n'ont rien à faire dans une enquête et que, maintenant que le coupable est arrêté, elle peut prendre du repos… Immédiatement.

A sa sortie du bureau, elle prend ses affaires, sous le regard amusé de son collègue. Elle quitte le commissariat, envoie un SMS à Marc et rentre chez elle, dépitée et agacée.

La « justice » est en route ! Et tant pis si on est coupable ou innocent ! Tout ce qui compte est de créer une fin favorable à la police !

XVI

Qui aurait pu imaginer qu'on m'offre sur un plateau un être vicié ? Moi, Gabriel, l'ange de l'ombre qui met à jour tous les vers de la pomme !

L'homme est assis au pied du lit, il regarde tendrement la femme, profondément endormie. Il se lève, prend son sac à dos et part vers la porte, sans un bruit. Il se retourne une dernière fois vers sa dulcinée.

Pour toi, ma Michaël ! La justice tombera encore une fois !

Il quitte la chambre, traverse l'unique pièce pour atteindre la porte d'entrée. Avant de sortir, il dépose une enveloppe sur le meuble, juste à côté des clefs de l'appartement.

Il ouvre la porte et s'en va, souriant.

****

Caroline est réveillée par le bruit de la porte d'entrée qui se referme. Elle se redresse, faisant tomber le drap sur ses hanches. Elle remarque que Marc n'est plus là, et regarde par réflexe le réveil. Il n'est que 5h du matin…

Déjà levé ? Serait-ce encore une de ses insomnies ? Il devrait aller chez le médecin, ça lui arrive de plus en plus souvent…

La gorge sèche, elle quitte son lit pour la cuisine, se sert un verre d'eau et le boit d'une traite.

Ses yeux se portent, soudain, sur un objet blanc qui n'était pas là la veille. Elle s'approche du meuble, juste à côté de l'entrée, fixe l'enveloppe puis la prend. Elle est épaisse, il y a un objet à l'intérieur.

Elle l'ouvre et en sort un pendentif. Elle l'examine : le pendentif est rond, doré avec des cavités formant une croix au centre. Un symbole y est incrusté.

Ce symbole... Il me rappelle quelque chose...

La jeune femme tente de réfléchir malgré un esprit encore embrumé. Puis, après quelques minutes, un souvenir lui revient en tête.

Mais oui ! C'est ça ! Il ressemble à celui trouvé sur les victimes !... Pourquoi ? Pourquoi cette ressemblance ?... Qu'est-ce que ça veut dire ?!

Son pouls s'accélère, les questions fusent. Elle ferme les yeux et tente de se calmer mais rien n'y fait.

Et puis, soudain, elle décide de chercher la signification de ce symbole. Elle s'assoit sur le canapé, prend son ordinateur, l'allume. Jamais son portable ne lui avait paru si long. Elle clique sur l'icône de Google Chrome et tape « symbole angélique » dans la barre de recherche. La page se charge et elle cherche au milieu de tous les symboles. Elle découvre une image regroupant plusieurs symboles d'anges avec le nom de l'ange correspondant. Elle clique pour agrandir l'image, regarde attentivement et trouve le symbole du pendentif.

Il s'agit de celui de l'ange Michaël, l'archange lié à Gabriel, les deux mains de Dieu. L'ange de la lumière et de la justice. A cet instant, la peur et le doute envahissent Caroline.

Se pourrait-il... ? Non ! Impossible ! Ça ne peut pas être lui !

Son cœur s'affole à nouveau, la nausée la prend. Elle court jusqu'aux toilettes pour vomir. Ne se sentant pas bien, elle se passe de l'eau sur le visage avant de décider d'agir.

Elle doit en avoir le cœur net, elle décide d'appeler son petit ami Marc.

****

Il est déjà garé juste à côté du commissariat lorsque son téléphone sonne. Il s'agit de sa petite amie. Il décroche.

— Oui, ma chérie ? Déjà réveillée ?

— Oui… Où es-tu ?

— Moi, j'arrivais pas à dormir alors je suis sorti faire un tour ! T'as trouvé mon cadeau ?

— Ton cadeau ?... Le pendentif ?

— Oui ! J'ai tout de suite su que tu l'avais trouvé quand j'ai vu ton nom sur le téléphone ! Il te plait ?

— Qu'est-ce que ça veut dire, Marc ?

— C'est une preuve de mon amour, ma belle ! Tu es ma lumière, je suis ton ombre !

— Marc… Dis-moi où tu es. S'il te plaît, où es-tu ?

— Je te l'ai dit hier ! Fais-moi confiance, les choses vont s'arranger !

Il raccroche, sans lui laisser le temps de répondre. Il quitte sa voiture, s'approche de l'hôtel de police, y entre. Personne ne fait attention à lui. Il fait le tour des bureaux, cherche des indices pour trouver celui d'Étienne Durand.

Il trouve celui de Caroline, regarde autour ; le bureau recherché est juste en face. Il s'assoit et ouvre un à un les tiroirs. Il en sort chaque calepin, cahier,… Jusqu'à trouver des cartes de visite. Mais rien qui ne puisse lui indiquer l'adresse de sa cible. Il change de tactique.

Il prend son téléphone, va sur internet, les pages blanches. Il tape Étienne Durand à Saint Dié des Vosges. Il n'y en a qu'un seul. Il prend un post-it et note l'adresse.

Il quitte le commissariat.

****

Il m'a raccroché au nez ! Mais qu'est-ce que ça veut dire ?! Sa lumière ? Mon ombre ? Tout va s'arranger ?!

Elle jette son téléphone, prend un petit temps de réflexion. Elle quitte le divan pour la salle de bain. Elle doit le retrouver et vite !

Une fois prête, Caroline prend ses clefs de voiture et part

pour son lieu de travail. Si tout cela est vrai, Marc veut l'aider à prouver que les éléments à charge trouvés la veille sont faux… Et le seul endroit où cela est possible est le commissariat.

Arrivée sur place, elle entre dans l'hôtel de police. Lorsqu'elle s'approche des bureaux, elle remarque le foutoir sur le bureau de son collègue.

Étrange… Ce n'est pas dans ses habitudes un tel foutoir ! Lui qui est un maniaque du rangement !

Elle donne un coup d'œil plus approfondi et voit les cartes de visite de Titi sorties. Elle comprend directe.

C'est Titi ! Il vise Titi !

Elle repart directement à l'accueil. Elle interpelle le policier de garde et lui explique la situation. Il la regarde, coi. Mais devant l'insistance de sa collègue, il appelle d'autres agents, récupère l'adresse de Titi et la donne à Caroline.

Rejointe sur le parking par trois autres policiers, ils partent, sirène allumée, pour le secteur des Tiges. Durant le trajet, elle tente d'appeler son équipier mais personne ne répond… Le temps presse.

****

C'est vraiment trop simple ! Les pseudo-représentants de la justice… Que des idiots faciles à berner !

Marc, déjà chez sa cible, est à la recherche de quoi attacher l'homme évanoui dans la cuisine. Il ne trouve que du scotch.

Ça fera l'affaire... Quel abruti quand même ! J'ai juste eu à lui dire que j'avais besoin de parler pour qu'il me laisse entrer ! J'ai hâte de voir sa tête quand il se réveillera !

Il entoure les mains et les pieds de sa future victime. Il se redresse, réfléchit tout en fixant le visage de Titi puis décide de le bâillonner. Il coupe un morceau de scotch et le colle sur la bouche du policier, fièrement.

Le téléphone portable de Titi n'arrête pas de sonner. Marc n'y prête pas réellement attention. Il attrape l'homme et l'amène à sa voiture. Il le jette dans le coffre, grimpe côté conducteur et quitte les lieux. Des sirènes se font entendre au loin...

****

Quand la voiture de police arrive sur les lieux, il n'y a déjà plus personne. La maison est complètement vide. Quelques traces de lutte prouvent qu'il y a peu, des personnes se sont battues... Les agents trouvent un rouleau de scotch sur le sol de la cuisine. Mais rien de plus.

Trop tard... Mais où sont-ils ? Où l'a-t-il emmené ?

Pendant que les autres policiers fouillent le reste de la maison à la recherche du moindre indice, Caroline se pose et réfléchit. Elle se remémore sa conversation de la veille avec son petit ami.

Je lui ai parlé de mes soupçons, de notre suspect qui est devenu coupable... Tout ça grâce aux preuves trouvées par Titi ! Titi, le Justicier, les morts, Miguel Santos,...

Sa réflexion continue pendant un petit moment puis l'illumination !

Titi est coupable ! Il a créé des preuves ! Et ces preuves... On les a trouvées chez Miguel Santos !

Elle prévient ces collègues. Ils ne trouveront rien ici, leur prochaine destination, l'appartement de Miguel Santos. Le temps presse.

****

Lorsqu'ils arrivent sur le parking de l'immeuble, Caroline remarque la voiture de son petit ami. Ils sont bien ici ! Elle fait signe aux autres policiers, ils demandent des renforts sur place. Mais le temps qu'ils arrivent, il sera peut-être trop tard.

Ils se mettent en place. Deux d'entre eux restent en retrait pour éviter la fuite du suspect, Caroline et son troisième collègue montent jusqu'à l'appartement. La jeune femme souhaite arrêter Marc sans user de la violence, elle convainc l'autre agent de la laisser entrer pour négocier.

Elle ouvre la porte en douceur, entre et remarque Titi attaché au fauteuil du salon. Mais pas son petit ami.

****

Marc a entendu la porte d'entrée. Il finit de préparer le café avant de retourner au salon. Il s'arrête dans le pas de la porte pour regarder sa chère et tendre.

Ma douce est là ! Quelle beauté ! C'est en la voyant comme ça que je me dis que j'ai beaucoup de chance de l'avoir rencontrée !

— Bienvenue ma belle !

La jeune femme sursaute, il semble qu'elle ne l'avait pas remarqué… Il en sourit puis lui fait signe de s'asseoir. Il pose le plateau, dépose les tasses devant chaque personne.

— J'ai préparé du café, tu en veux ?

— Non… Non !

— Ah oui, suis-je bête ! Tu préfères le thé ! Je peux t'en préparer si tu le souhaites !

— Non ! Non ! C'est bon !... Marc ! Qu'est-ce que ça veut dire ? Tout ça ?!

— Et bien, je t'aide ! Comme toujours !

Il s'assoit, prend une tasse remplie de café et sourit à nouveau à Caroline.

****

Qu'est-ce que... ? Il est complètement fou ! M'aider ? Mais non, il tue... Il est tout ce pourquoi je suis devenue flic...

La policière fixe l'homme en face d'elle, elle ne reconnaît plus l'homme qu'elle aime depuis trois ans. Elle a l'impression d'avoir un étranger juste là, en train de la regarder.

Marc vide sa tasse sans se soucier de la raison de la venue de sa petite amie. La jeune femme veut tout faire pour éviter le pire.

— Tu ne m'as toujours pas dit ce que tu prévoyais de faire…

Elle lui montre, d'un signe de tête, Titi toujours inconscient. Il donne un coup d'œil à l'agent avant de répondre, en souriant toujours.

— Lui ? Il va connaître le jugement, la justice ! Il veut créer des coupables ? Qu'il en devienne un aussi !

— Mais, pour ça, il n'a pas besoin de mourir ! On peut mener une enquête interne !

— Une enquête interne ? Et tu crois que ça va suffire ?! La justice humaine couvre les gens comme lui !

— … Je ne comprends pas ! Pourquoi ? Pourquoi maintenant ?

— ??? Comment ça maintenant ? Je suis ton Gabriel, toi ma lumière ! Tu es ma justice, je me devais de mettre à jour le mal qui se cachait près de toi !

— Quoi ?! Tu veux dire que tu tues des innocents juste parce que je suis devenue flic ?!

— Innocents ?! Ils étaient tous coupables ! Et personne ne les a jugés ! Il fallait que j'agisse ! Il fallait que la lumière soit faite !

Caroline soupire. Cet homme qu'elle croyait connaître est en réalité complètement fou. Il n'est rien de plus qu'un tueur, un psychopathe,…

Je suis responsable de sa folie ?... Non, impossible ! Il doit y avoir une autre raison ! Je ne peux pas être à l'origine de toutes ces morts ?!

****

Me serais-je trompé ? Ma belle n'était peut-être pas encore prête... Pourtant, je me devais de lui dire ! Je me devais de tout lui avouer ! Sinon, comment pourrait-elle me rejoindre dans cette lutte ?

Marc se met à douter, sa chère et tendre le regarde avec dégoût. Pourtant, tout était parfait ! Il devenait son ombre, son justicier et ensemble, ils allaient stopper l'épidémie qui ronge cette ville !

L'homme décide d'agir, pensant qu'en voyant la justice s'abattre sur un homme du mal, Caroline comprendra la raison bien fondée de ses actes.

Il se lève du canapé et se dirige vers Titi. Son sourire a disparu. Il cherche quelque chose dans sa poche arrière de pantalon. Il en sort une carte avec le symbole de Gabriel mais inversé.

Il se tourne vers sa petite amie.

— On ne se moque pas de la justice !

Il tente d'enfoncer dans la gorge du policier la carte chiffonnée.

Soudain, un bruit sec, un liquide chaud coulant derrière son oreille gauche. Tout devient flou… Marc s'écroule inconscient.

****

Caroline se recule tout en regardant l'assassin s'écrouler. Elle a agi par instinct : un coup de lampe derrière la tête, il n'y a rien de tel pour arrêter un fou dangereux !

Elle appelle son collègue posté devant la porte. Lorsqu'il arrive, il voit le résultat et salue le courage et l'efficacité de la jeune femme.

Ils préviennent les autres policiers restés à l'extérieur, détachent leur équipier et le couche sur le canapé. Ils tentent de le réveiller et réussissent avec difficulté.

Titi, la tête embrumée, ne comprend absolument rien. Il sait juste qu'il a un mal de crâne carabiné.

Ils sont rejoints par les deux autres agents. Au loin, on entend les sirènes résonnées…

L'enquête est enfin terminée… Le coupable est arrêté… Mais je ne ressens aucune joie…

Épilogue

Six mois ont passé depuis l'arrestation du « Justicier ».

La police a retrouvé la confiance de ses concitoyens. Miguel Santos a reçu des excuses du préfet, du maire et du commissaire. Il n'a pas porté plaintes pour tous les désagréments occasionnés. Titi, quant à lui, a démissionné. Il est reparti dans le sud, à Marseille. Il avait besoin de la mer, selon lui…

Caroline est toujours policière à Saint Dié, elle a reçu une médaille pour l'arrestation du tueur en série qui frappait la ville… Mais, depuis la fin de l'enquête, son sourire s'est effacé.

Aujourd'hui, elle est convoquée au tribunal. Elle doit témoigner lors du procès de Marc Antonelli. C'est la première fois qu'elle le revoit depuis ce jour…

Quelle journée de stress en perspective ! Comment tout cela va se passer ? Vais-je réussir à me contenir en le voyant ?

Sur le trajet pour Épinal, la tension monte. Elle est accompagnée de ses collègues présents lors de l'arrestation. La route semble ne jamais s'arrêter et le voyage dure trop longtemps pour Caroline.

Lorsqu'ils arrivent au tribunal, la jeune femme se dépêche de sortir de la voiture pour se dégourdir les jambes.

Ils entrent, passent le portique avant d'atteindre la salle d'audience au fond du large couloir. Lorsqu'elle passe la porte, elle ressent un malaise. Le procès est sur le point de débuter… Le malaise est encore plus grand quand son ex-petit ami entre dans la salle. Lorsque son regard croise celui de Caroline, il sourit. La policière sent un frisson lui parcourir le dos.

Un fou ! J'ai aimé un fou ! Ses lettres n'étaient donc pas des menaces ? J'aurais dû les ouvrir, les lire pour savoir…

Elle détourne le regard.

La journée se passe sans soucis. Les preuves sont là : le profil ADN, la tentative de meurtre et les aveux du tueur. Seules manquent les trophées… La jeune femme témoigne en faisant attention de ne plus croiser son regard. Une fois tout cela fait, ils repartent sur Saint Dié.

A leur arrivée, ils font leur rapport au commissaire Marchal. Comme tout est calme, comme depuis la fin des meurtres, ils ont le droit de rentrer chez eux plus tôt que prévu.

Caroline quitte donc l'hôtel de police et prend sa voiture pour retourner à son appartement.

Depuis l'incident, elle a déménagé et a trouvé un nouveau logement à l'autre bout de la ville. Ses parents voulaient qu'elle revienne sur Nancy mais faire le trajet Nancy-Saint Dié aurait été trop fatigant !

Elle monte au quatrième étage, cherche ses clefs, ouvre la porte et entre. Elle referme à clef derrière elle. Puis s'écroule sur le canapé. Elle se redresse et remarque un tas de lettres.

Une lettre par semaine… Et aucune ouverte… Je devrais peut-être…

Elle tend le bras, les attrape et les pose sur ses genoux. Elle prend la plus ancienne, l'ouvre et commence à lire.

Une fois terminée, elle prend la suivante et ainsi de suite jusqu'à la dernière.

Des « ma chérie », « ma lumière », « ma dulcinée », « ma Michaël »..., Il ne m'en veut pas de l'avoir arrêté ?! Au contraire, il en est heureux... Pour lui, j'ai réussi mon rite d'entrée... Mais de quel rite il parle ?

Elle finit sa lecture. Et se rend compte que l'homme qu'elle a aimé est complètement fou. Dans les courriers, il lui explique qui il est : sa mère lui a offert un pendentif de Gabriel, il était son ombre, elle était sa lumière. Sa mère était une prostituée qui a été tuée par un de ses clients... Mais, comme c'était un notable, il n'a rien eu ! Il est devenu la justice de l'ombre... Mais il lui manquait une nouvelle lumière pour laquelle agir...

Sans le savoir, Caroline est devenue cette nouvelle lumière. Et sa vocation l'a conforté dans sa folie !

Caroline craque, elle se met à pleurer à chaudes larmes. Elles coulent dans un flot continu sur ses joues. Elle se recroqueville et enfonce sa tête dans ses cuisses. Son mal être dure longtemps puis, complètement vidée, ses pleurs se calment.

Tout est de ma faute ! Je suis l'unique responsable de toutes ces morts ! Une lumière, moi ?! Non... Des gens sont morts à cause de moi, j'ai failli mettre un innocent en prison... J'étais devenu comme les autres, prête à tout pour trouver un coupable... Prête à en créer un !

Elle redresse la tête, un rayon de soleil traverse le carreau de la fenêtre juste en face. Elle ferme les yeux pendant qu'il la réchauffe...

Je ne veux plus d'un Gabriel !...

Elle se lève, va à la cuisine, se prépare un thé et part, avec sa tasse fumante, vers la fenêtre. Elle regarde l'extérieur et remarque deux moineaux en train de jouer dans un reste de flaque. Caroline sourit.

Je ferai tout pour que cela n'arrive plus ! Plus jamais quelqu'un mourra par ma faute ! Je vais nettoyer cette ville ! Mon coin paumé de la vermine qui s'y cache !

Les moineaux prennent leur envol et la jeune femme les regarde s'éloigner dans le ciel bleu déodatien…

Mot de l'auteur

Merci de m'avoir lu ! Vous venez de découvrir mon premier roman policier… Et certainement pas le dernier !

J'ai choisi le secteur de Saint Dié pour rendre hommage à la ville où je suis née. J'ai vécu dans plusieurs villes du secteur et je trouvais normal de me servir de lieux que je connais… En prime, si cela vous a donné envie de découvrir la région…

Par contre, n'espérez pas y découvrir des histoires aussi étranges… La Déodatie est plutôt calme ! Mais, si jamais vous venez un jour, sachez que de nombreuses histoires, légendes,…, existent !

Si vous le souhaitez, pour mieux comprendre la géographie des lieux, vous pouvez suivre ce lien :

http://tourisme-saint-die-des-vosges.fr/brochure/plan%20OK_BD2.pdf

J'espère vous proposer très bientôt une nouvelle aventure…

Delf In

Dépôt légal : août 2017

ISBN : 9782956157717
Delf In

MEURTRES EN DÉODATIE

product-compliance

3LW, UK

6

9 782956 157717